Contos de Belkin

Aleksander Púshkin

Contos de Belkin

Tradução de Klara Gourianova

Nova Alexandria

Editora Nova Alexandria Ltda.
Av. Dom Pedro I, 840
01552-000 São Paulo SP
Fone/Fax: 11 - 2215-6252
E-mail: novaalexandria@novaalexandria.com.br
Site: www.novaalexandria.com.br

Preparação de originais: Albertina Paiva
Revisão: Shirley Gomes
Capa: Lúcio Kume
Editoração eletrônica: Eduardo Seiji Seki

CIP-BRASIL. CATALOGAÇÃO-NA-FONTE
SINDICATO NACIONAL DOS EDITORES DE LIVROS, RJ

P989c

Pushkin, Aleksandr Sergeevich, 1799-1837
Contos de Belkin / Aleksander Púshkin ; tradução de Klara Gourianova. - São Paulo : Nova Alexandria, 2003.

ISBN 85-7492-078-9

1. Conto russo. I. Gourianova, Klara. I. Título.

08-5453. CDD: 891.73
CDU: 821.161.1-3

12.12.08 15.12.08 010185

Sumário

Apresentação

A multiplicidade de autores notáveis trouxe à literatura russa o rápido e sólido reconhecimento em todo o Ocidente. Os romances de grande penetração psicológica e moral, o teatro revelador das traições e das fragilidades humanas, a poesia de profundo lirismo, e até mesmo de sentido metafísico, são algumas das qualidades que garantiram a admiração e a popularidade dos autores russos.

Entretanto, aquele que talvez melhor tenha reunido os atributos de um gênio literário na Rússia foi Aleksander Serguéievitch Pushkin (1799 – 1837). Poeta de inspiração byroniana, dramaturgo e contista, produziu uma obra extensa e variada, envolvendo motivos da História russa, questionamentos profundos da alma, o amor, a vida de mestres como Mozart, os ideais do Liberalismo e mesmo questões sobre a natureza do Bem e do Mal.

Entre suas muitas obras, destacam-se o romance em versos *Evguênie Oniéguin*, texto monumental que evoca imagens do povo russo e sentimentos grandiosos de justiça, e que será tema de uma peça musical de Tchaikóvski, ao lado de *Boris Godunov*, do drama *Mozart e Salieri*, dos contos *A Dama de Espadas* e *A Filha do Capitão*, assim como esta antologia.

Contos de Belkin foi escrito em Boldino, propriedade rural vizinha à de seu pai, no ano de 1830, quando Pushkin cumpria uma quarentena devido a uma epidemia de cólera asiática que assolava a região. Esse foi o período mais produtivo para o poeta, pois escreveu algumas breves peças de teatro, deu início à novela *O negro de Pedro, o Grande* e compôs muitas outras obras poéticas célebres, como *O demônio.*

Ao escrever estes contos, pode-se dizer que Pushkin realizou um verdadeiro experimento narrativo sem precedente na literatura russa, como Tolstoi reconheceria ao recomendar seu estudo como modelo. Em cada história há uma característica predominante, porém o humor e o sentimentalismo se sobrepõem, evidenciando o caráter antecipador do Realismo. Assim, *O tiro* é um exemplo da trama de tom psicológico; em *O agente funerário* está presente o grotesco e romântico, também perceptíveis em *A sinhazinha camponesa,* enquanto *O chefe da posta* traz o sentimentalismo humanitário que lembra Gogol. Em todos há um elemento anedótico, irônico e trágico, com um colorido que se contrapõe a outras obras da época.

Pushkin, com este volume, reafirma a capacidade de ser um intérprete de seu povo e um talento comparável ao dos gênios da literatura.

As histórias do finado Ivan Petróvitch Belkin

SRA. PROSTAKOVA:
— Meu caro, é que, desde a infância,
ele é afeiçoado às histórias.
SKOTÍNIN:
— Gosto do Mitrofan.
D. I. Fonvisin

Do editor

Quando começamos a tratar da edição das histórias de I. P. Belkin, hoje apresentadas ao público, queríamos anexar a ela uma biografia, ainda que curta, do falecido autor, a fim de satisfazer a curiosidade dos aficionados pela literatura nacional. Com esse objetivo, dirigimo-nos primeiro a Maria Alekséievna Trafílina, parente próxima e herdeira de Piotr Ivan Petróvitch Belkin. Infelizmente, ela não pôde nos fornecer dado algum, pois nem chegara a conhecer o falecido.

Aconselhou-nos a procurar um senhor distinto que fora amigo de Ivan Petróvitch. Seguimos seu conselho e recebemos a seguinte resposta a nossa carta, que publicamos sem qualquer alteração nem comentários, como um monumento precioso ao estilo nobre de opinar e à amizade comovente, sendo ela, ao mesmo tempo, uma descrição biográfica satisfatória.

"Meu prezado senhor!

Vossa respeitável carta datada do dia 15, tive a honra de receber no dia 23 deste mês. Nela o senhor expressa o desejo de obter notícias detalhadas sobre as datas de nascimento e morte, sobre o trabalho, a vida doméstica, as ocupações e o temperamento do falecido Ivan Petróvitch Belkin, que foi meu sincero amigo e vizinho de propriedade. Com grande prazer atendo a vosso desejo e envio tudo que posso lembrar dos relatos dele e de minhas próprias observações.

Ivan Petróvitch, filho de pais honrados e nobres, nasceu em 1798, no povoado de Goriúkhino. Seu finado pai, segundo-major Piotr Ivánovitch Belkin, casou-se com Pelaguéia Gavrílovna, da família Trafílin. Não foi homem rico, mas moderado e sagaz em assuntos de economia doméstica. Seu filho fez os primeiros estudos com o sacristão da aldeia. Parece que era a esse venerável homem que ele devia a afeição à leitura e às belas-letras russas. Em 1815 entrou para o serviço militar no regimento de infantaria (não me lembro da data exata), no qual permaneceu até 1823. A morte de seus pais, acontecida quase simultaneamente, obrigou-o a dar baixa e voltar para Goriúkhino, sua terra natal.

Ao assumir a administração da propriedade, Ivan Petróvitch logo negligenciou os negócios por falta de experiência e excesso de bondade, relaxando a ordem severa que fora estabelecida por seu falecido pai. Destituiu o aplicado e expedito estaroste[1] com o qual os camponeses, como de hábito, não estavam contentes, e incumbiu a gerência da aldeia à sua velha governanta, que ganhou sua confiança com a arte de contar histórias. Essa velha tonta nunca soube distinguir uma nota de 25 rublos de uma de 50. Dela os camponeses não tinham nem um pouco de medo, sendo ela comadre

[1] Na Rússia, chefe de comunidade.

de todos eles. O estaroste escolhido pelos camponeses era tão complacente, participando ele mesmo das trapaças, que Ivan Petróvitch foi obrigado a suprimir os trabalhos obrigatórios e substituí-los por um tributo bem moderado. Mesmo assim, os camponeses, aproveitando-se de sua fraqueza, já no primeiro ano pedincharam facilidades de caso pensado e, nos anos seguintes, pagavam mais de dois terços do tributo com avelãs, mirtilo e coisa parecida, ainda assim, roubando no peso.

Sendo amigo do falecido progenitor de Ivan Petróvitch, achei que era meu dever aconselhar o filho, e por várias vezes ofereci-me para restabelecer a antiga ordem que ele negligenciara. Chegando um dia à sua casa com esse propósito, pedi os livros de contabilidade, chamei o malandro e na presença de Ivan Petróvitch pus-me a examiná-los. No começo, o jovem patrão seguiu-me com toda atenção e esforço. Mas, quando verificou-se que nos últimos dois anos a quantidade de camponeses crescera e a de aves e gado diminuíra artificiosamente, Ivan Petróvitch contentou-se com este primeiro dado e deixou de me ouvir. Naquele exato momento, quando, com minhas pesquisas e interrogações severas, deixei o estaroste extremamente embaraçado e obrigado a se calar, ouvi, para meu grande desgosto, que Ivan Petróvitch estava roncando, profundamente adormecido em sua cadeira. Desde então parei de me intrometer em suas disposições administrativas e, assim como ele, deixei seus negócios à disposição do Todo-Poderoso.

Aliás, isso não afetou nem um pouco nosso relacionamento amistoso, porque eu, condoendo-me de sua fraqueza e de sua nociva incúria, comum aos nossos jovens fidalgos, amava Ivan Petróvitch sinceramente. E não poderia deixar de amar um jovem tão dócil e tão honesto. De sua parte Ivan Petróvitch demonstrava respeito pela minha idade e era apegado a mim cordialmente. Até sua morte, visitava-me quase diariamente, apreciava meu singelo discurso, embora nossos costumes, maneiras de pensar e temperamentos em grande parte não se parecessem.

Ivan Petróvitch levava uma vida bem modesta, evitava todo tipo de excessos. Nunca me aconteceu vê-lo meio embriagado, o que em nosso país pode-se considerar um milagre sem precedentes. Porém tinha uma grande queda pelo sexo feminino, mas seu pudor era verdadeiramente o de uma donzela[2].

Além dos contos que o senhor menciona, Ivan Petróvitch deixou muitos manuscritos, parte dos quais encontra-se comigo e parte foi usada pela governanta para diversas necessidades domésticas. Assim, no inverno passado todas as janelas de sua casinha foram calafetadas com a primeira parte de um romance não acabado. Parece que os contos citados acima foram a primeira experiência dele. Como dizia Ivan Petróvitch,

---

[2] Cita-se aqui uma anedota que nós não publicamos, considerando-a desnecessária. Mas asseguramos ao leitor que não há nela nada de censurável para a memória de Ivan Petróvitch. (Nota de A. S. Púshkin.)

eram em sua maioria verdadeiros e ele os ouvira de várias pessoas[3].

Porém, quase todos os nomes dos personagens foram inventados por ele mesmo e os nomes das aldeias foram emprestados de nossas redondezas, por isso a minha aldeia menciona-se em algum lugar. Não foi por má intenção que isso aconteceu, apenas por falta de imaginação.

No outono de 1828, Ivan Petróvitch adoeceu de febre resultante de um resfriado, que se transformou em delírio, e faleceu, apesar dos incansáveis cuidados de nosso médico provinciano, bastante experiente, especialmente em doenças crônicas, como calos e coisas parecidas. Ele morreu nos meus braços, no trigésimo ano de vida, e foi enterrado ao lado de seus pais.

Ivan Petróvitch tinha estatura média, olhos cinzentos, cabelos castanhos claros, nariz reto, tez branca e era magro.

Eis tudo, meu prezado senhor, que consegui lembrar a respeito do modo de vida, ocupações, temperamento e aparência do meu finado vizinho e amigo. Mas, caso o senhor queira por bem fazer qualquer uso desta

---

[3] De fato, nos manuscritos do sr. Belkin, em cima de cada conto, está escrito: *ouvido por mim de tal pessoa* (patente ou título e as inicias do nome e do sobrenome). Fazemos citações para pesquisadores curiosos: "O chefe da posta" foi lhe contado pelo conselheiro titular A. G. N., "O tiro", pelo tenente-coronel I. L. P., "O agente funerário", pelo balconista B. V., "A tempestade" e "A sinhazinha-camponesa", pela moça K. I. T. (Nota de A. S. Púshkin.)

minha carta, peço-lhe encarecidamente não mencionar meu nome, porque, embora eu respeite e goste muito de escritores, considero desnecessário obter este título e, na minha idade, até mesmo indecente. Com sincera estima etc.

16 de novembro de 1830
Aldeia de Nenarádovo"

Considerando que é nosso dever respeitar a vontade do venerável amigo de nosso autor, expressamos-lhe nossa profunda gratidão pelas notícias fornecidas e esperamos que o público aprecie a sinceridade e a bondade delas.

A. P.

O tiro

Nós nos batemos em duelo.
Baratinski
Jurei matá-lo segundo as regras de duelo.
(Ele ficou me devendo um tiro.)
“Uma noite em bivaque”.

Estávamos aquartelados no lugarejo ***. A vida de um oficial de exército é bem conhecida. De manhã, exercícios e manobras, almoço na casa do comandante do regimento ou numa taberna de judeus; à noite, ponche e baralho. Em *** não havia nenhuma casa aberta, nenhuma moça casadoura. Nós nos reuníamos na casa de um ou de outro, onde não víamos nada além de nossos uniformes.

Apenas uma pessoa fazia parte da nossa sociedade, sem ser militar. Ele tinha uns trinta e cinco anos, por isso nós o considerávamos velho. Sua experiência dava-lhe vantagens diante de nós; além disso, sua habitual casmurrice, caráter rude e língua ferina exerciam uma forte influência sobre nossas mentes jovens. Um certo mistério rodeava seu destino; ele parecia ser russo, mas tinha nome estrangeiro. Outrora servira como hussardo, e até fora bem-sucedido; ninguém sabia do motivo que o levara a se retirar e se instalar nesse pobre lugarejo, onde ele vivia de maneira modesta e pródiga ao mesmo tempo: sempre a pé, com uma sobrecasaca preta puída, mas sua mesa estava aberta para todos os oficiais de nosso regimento. Na verdade em seus almoços tinha apenas dois ou três pratos preparados por um soldado reformado, mas corriam rios de champanha. Ninguém sabia sobre seus bens nem sobre sua renda e ninguém ousava lhe perguntar sobre isso. Ele tinha livros, militares, em sua maioria, e romances. Emprestava-os de bom grado, nunca pedindo-os de volta; em compensação nunca devolvia o livro emprestado a ele. Seu exercício principal era tiro de pistola. As paredes de seu quarto estavam todas estragadas pelas balas, cheias de buracos como favos. Uma rica coleção de pistolas era o único luxo dessa pobre casa de barro batido, onde ele morava. A habilidade que ele atingira era incrível e quando se propunha a acertar uma pêra no quépi de alguém, ninguém de nosso regimento tinha receio de expor sua cabeça. As conversas entre nós referiam-se com freqüência a duelos; Sílvio (vou chamá-lo assim) nunca interferiu nelas. Quando lhe perguntavam se alguma vez ele se batera em duelo, respondia secamente que sim, mas nunca entrou em detalhes e era visível que perguntas desse tipo eram-lhe desagradáveis. Desconfiávamos que em sua consciência pesava uma vítima de sua terrível arte. Aliás, nunca nos passou pela cabeça suspeitar nele de algo parecido com a timidez. Há pessoas cuja aparência afasta tais suspeitas. Um mero acaso pasmou-nos a todos.

Certo dia, estávamos almoçando na casa de Sílvio, éramos uns dez oficiais. Bebíamos como de costume, quer dizer, muito; depois do almoço pedimos ao anfitrião para fazer-nos a banca. Ele se recusou por muito tempo, porque não jogava quase nunca, mas, finalmente, mandou trazer o baralho, lançou na mesa uma meia centena de moedas de ouro e começou a fazer a banca. Nós o circundamos e o jogo começou. Sílvio costumava manter silêncio total durante o jogo, nunca discutia nem se explicava. Se o ponta enganava-se na conta, Sílvio em seguida pagava a diferença, ou anotava a sobra de dinheiro. Nós já sabíamos disso e não o impedíamos de manejar o jogo à sua maneira; porém, havia entre nós um oficial, transferido para nosso regimento recentemente. Jogando, ele marcou um ponto a mais, por distração. Sílvio pegou o giz e igualou a conta, como de costume. O oficial, achando que o outro enganara-se, pediu esclarecimentos. Calado, Sílvio continuou fazendo a banca. Perdendo a paciência, o oficial pegou a escovinha e apagou aquilo que ele julgara errado. Sílvio pegou o giz e escreveu de novo. O oficial, acalorado pelo vinho, o jogo e as risadas dos companheiros, sentiu-se cruelmente ofendido e, furioso, pegou um castiçal de cobre da mesa e lançou-o contra Sílvio, que mal teve tempo de se desviar da pancada. Ficamos constrangidos. Sílvio levantou-se, empalideceu de raiva e com faíscas nos olhos disse:

— Prezado senhor, queira sair e agradeça a Deus por isso ter acontecido em minha casa.

Nós não duvidávamos das conseqüências e imaginávamos o novo companheiro já morto. O oficial saiu, dizendo que estava pronto a dar satisfação de maneira conveniente ao senhor banqueiro. O jogo continuou mais alguns minutos, mas, sentindo que o anfitrião não estava mais para o jogo, nós também o largamos um a um e fomos para nossos alojamentos, conversando sobre as próximas férias.

No dia seguinte, nos exercícios, nós já perguntávamos se nosso pobre tenente ainda estava vivo, quando ele apareceu entre nós, em pessoa; nós lhe fizemos a mesma pergunta. Ele respondeu que ainda não tivera nenhuma notícia de Sílvio. Isso nos deixou surpresos. Fomos até sua casa e o encontramos cravando uma bala sobre outra no ás colado no portão. Recebeu-nos como sempre, sem dizer uma palavra sobre o acontecimento do dia anterior. Passaram-se três dias e o oficial continuava vivo. Estranhando, nós nos perguntávamos: será que Sílvio não vai se bater? Sílvio não se bateu. Ele se satisfez com uma leve explicação e fez as pazes.

Isso quase prejudicou-o seriamente na opinião dos jovens. A falta de coragem é o que menos se perdoa entre os jovens que vêem na valentia o cúmulo dos méritos humanos e a desculpa para todo tipo de vícios. Porém, pouco a pouco, tudo foi esquecido, e Sílvio recuperou sua antiga influência. Somente eu não conseguia mais me aproximar dele. Tendo uma imaginação romântica desde que nasci, eu, mais do que os outros, estava apegado anteriormente ao homem cuja vida era um mistério, e que me parecia ser herói de uma novela de mistério. Ele gostava de mim; pelo menos somente comigo deixava de lado sua habitual maledicência áspera e conversava sobre vários temas com franqueza e de uma maneira extremamente agradável. Mas depois daquela noite infeliz, a idéia de que sua honra fora maculada e não fora limpa por sua própria vontade não me largava e me impedia de tratá-lo como antigamente; eu sentia vergonha de olhar para ele. Sílvio era inteligente e experiente demais para não notar e não adivinhar o motivo disso. Parecia que isso o amargurava; ao menos umas duas vezes percebi nele o desejo de conversar comigo, mas eu evitei tais ocasiões, e Sílvio desistiu de mim. Desde então, nós nos víamos apenas na presença de companheiros, e nossas conversas, francas outrora, terminaram.

Os desatentos habitantes da capital não têm noção sobre muitos acontecimentos que são tão importantes para os habitantes das aldeias ou das pequenas cidades. Como, por exemplo, a expectativa do dia do correio: às terças e sextas o escritório de nosso regimento ficava repleto de oficiais; uns esperavam remessas de dinheiro, outros, cartas, e outros ainda, jornais. Os pacotes costumavam ser abertos ali mesmo, na mesma hora as novidades espalhavam-se, e o escritório apresentava um cenário bem animado. Sílvio recebia cartas no endereço do regimento e sempre estava por lá. Um dia, foi-lhe entregue um envelope, cujo lacre ele tirou com um ar de impaciência muito grande. Seus olhos, correndo pela carta, faiscavam. Os oficiais, ocupados cada um com sua correspondência, nada notaram.

— Senhores — disse-lhes Sílvio —, as circunstâncias exigem que eu me ausente imediatamente; viajo hoje à noite; espero que os senhores não se recusem a almoçar comigo pela última vez. Espero por você também — continuou ele, dirigindo-se a mim —, espero sem falta. — Com essas palavras, saiu apressadamente, e nós, ao combinar o encontro na casa dele, fomos cada um para seu lado.

Cheguei à casa de Sílvio na hora marcada e lá encontrei quase todo nosso regimento. Todos os pertences de Sílvio já estavam nas malas; restavam as paredes nuas e esburacadas pelas balas. Sentamo-nos à mesa; o anfitrião estava extremamente animado e seu bom humor logo generalizou-se; as rolhas estouravam a cada minuto, os copos espumavam e chiavam sem parar, e nós, com todo empenho, desejávamos ao viajante boa viagem e todo tipo de felicidades. Levantamo-nos da mesa já tarde da noite. Na hora de pegar os quépis, Sílvio, despedindo-se de todo mundo, segurou minha mão justo no momento em que eu ia sair.

— Preciso falar com você — disse ele em voz baixa.

Eu fiquei.

Os convidados saíram; estávamos nós dois, sentamos um na frente do outro, calados. Acendemos os cachimbos. Sílvio estava preocupado, não havia nem sinal de sua euforia febril. Uma palidez soturna, os olhos brilhando e uma densa fumaça saindo da boca davam-lhe o ar de um diabo de verdade. Passaram-se alguns minutos, e Sílvio interrompeu o silêncio.

— Talvez nós nunca mais nos encontremos — disse ele — e antes de nos separarmos, gostaria de me explicar com você. Você pode ter notado que eu não dou muita importância à opinião dos outros, mas estimo-o e seria penoso para mim deixar em sua mente uma impressão injusta.

Ele parou, começou a encher o cachimbo apagado; eu estava calado, de olhos baixos.

— Pareceu-lhe estranho — continuou ele — eu não ter exigido uma satisfação desse bêbado tresloucado P***. Concorde que, sendo meu o direito à escolha da arma, sua vida estava em minhas mãos, enquanto a minha, quase fora de perigo; eu poderia atribuir minha moderação à magnanimidade, mas não quero mentir. Se pudesse castigar P*** sem expor minha vida a nenhum risco, eu não o perdoaria por nada.

Atônito, eu olhava para Sílvio. Tal confissão desconcertou-me totalmente.

— É isso mesmo: eu não tenho direito de arriscar minha vida. Há seis anos levei uma bofetada, e meu inimigo está vivo ainda.

Minha curiosidade estava fortemente excitada.

— Vocês não se bateram? As circunstâncias separaram vocês, certamente?

— Nós nos batemos — respondeu Sílvio —, eis a lembrança de nosso duelo.

Sílvio levantou-se e tirou de uma caixa de papelão um boné vermelho com borla dourada e galão (o que na França chamam de *bonnet de police*); colocou-o na cabeça: o boné estava varado à bala dois dedos acima da testa.

— Você sabe — continuou Sílvio — que servi no Regimento*** dos hussardos. Meu temperamento você conhece: estou acostumado a ser o primeiro mas, quando jovem, isso era uma paixão. Escândalos em nossa época estavam em moda; eu era o maior desordeiro no exército. Nós nos vangloriávamos das bebedeiras. Eu deixei para trás o famoso B*** (Burtsov), decantado por Denís Davídov. Duelos em nosso regimento aconteciam a cada minuto: de todos eles eu era testemunha ou protagonista. Os companheiros me adoravam, e os comandantes, que mudavam com freqüência, viam em mim um mal necessário.

— Eu gozava da minha glória tranqüila (ou intranqüilamente), quando apareceu entre nós um jovem de família rica e célebre (não quero dar o nome). Jamais encontrei um felizardo tão brilhante! Imagine juventude junto com inteligência e beleza, a euforia mais louca, valentia mais despreocupada, um nome ilustre, dinheiro sem conta e que nunca acabava; imagine o efeito que ele causou em nós. Minha primazia balançou. Seduzido pela minha fama, ele tentou procurar minha amizade, mas eu o tratei com frieza e ele afastou-se sem nenhum pesar. Eu o odiei. Seu sucesso no regimento e entre as mulheres levava-me ao desespero total. Comecei a procurar briga com ele; meus epigramas ele respondia com epigramas que me pareciam ser sempre mais inesperados e picantes e que, certamente, eram mais alegres, diferentemente dos meus: ele brincando, e eu com raiva. Um dia, finalmente, num baile na casa de um senhor de terras polonês, vendo ser ele o objeto da atenção de todas as damas e especialmente da própria anfitriã, que tinha uma ligação comigo, disse-lhe ao ouvido uma vulgaridade grosseira. Ele melindrou-se e deu-me uma bofetada. Nós dois desembainhamos os sabres, as damas caíram desmaiadas, apartaram-nos e, na mesma noite, fomos nos bater. Isso aconteceu de madrugada. Eu estava no lugar combinado junto com meus três padrinhos. Esperava pelo meu adversário com uma impaciência inexplicável. O sol primaveril nascera e o calor crescia. Eu o vi de longe. Ele veio a pé, acompanhado de um padrinho, a farda pendurada no sabre. Fomos a seu encontro. Ele se aproximou, segurando seu boné, cheio de cerejas. Eu devia atirar primeiro. Mas a agitação da raiva dentro de mim era tão forte que eu não confiei na precisão da mão e, querendo dar tempo a mim mesmo para esfriar, cedi a ele o primeiro tiro; meu adversário não concordava. Resolvemos jogar a sorte: o número um saiu para ele, eterno favorito da fortuna. Ele fez pontaria e a bala atravessou o boné. Era minha vez. Finalmente sua vida estava em minhas mãos; eu olhava para ele avidamente, tentando captar ao menos alguma sombra de preocupação. Frente à pistola apontada ele escolhia cerejas maduras do boné e cuspia os caroços que chegavam até mim. Sua indiferença enlouqueceu-me. De que me serve, pensei, tirar-lhe a vida, se ele não lhe dá nenhum valor? Uma idéia maldosa veio à minha mente. Abaixei a pistola.

— Parece-me que o senhor não está para a morte, está ocupado com sua refeição; eu não gostaria de incomodar.

— O senhor não me incomoda nem um pouco — objetou ele —, pode atirar à vontade, aliás, como queira, fico lhe devendo vosso tiro, estou sempre às suas ordens.

— Dirigi-me aos padrinhos, declarando que não pretendia atirar naquele dia, e o duelo terminou assim.

Dei baixa do exército e retirei-me para este lugarejo. Desde então não houve um só dia em que eu não pensasse em vingança. Hoje chegou minha hora.

Sílvio tirou do bolso a carta recebida de manhã e deu-ma para que eu a lesse. Alguém (parecia ser seu encarregado de negócios) escrevia de Moscou informando que brevemente uma certa pessoa devia contrair matrimônio com uma bela jovem.

— Você adivinha — disse Sílvio — quem seja essa certa pessoa. Vou para Moscou. Vamos ver se ele vai encarar a morte na véspera das bodas com a mesma indiferença que a esperava comendo cerejas naquele dia!

Com essas palavras Sílvio levantou-se, jogou no chão seu boné e começou a andar pelo quarto de um lado para o outro, como um tigre na jaula. Eu estava ouvindo imóvel; sentimentos contraditórios perturbavam-me.

Entrou o criado e anunciou que os cavalos estavam prontos. Sílvio apertou fortemente a minha mão; nos beijamos. Ele subiu na carruagem onde já estavam suas duas malas: uma com as pistolas, a outra com seus pertences. Despedimo-nos mais uma vez, e os cavalos arrancaram.

II

Passaram-se alguns anos e circunstâncias familiares obrigaram-me a instalar-me numa pobre e pequena aldeia do distrito N***. Cuidando das questões doméstica, eu não deixava de suspirar baixinho pela minha vida tumultuosa e despreocupada de antigamente. O mais difícil foi me acostumar a passar as noites de inverno em isolamento total. Até a hora do almoço, ainda conseguia matar o tempo conversando com o estaroste, percorrendo os trabalhos de campo e visitando construções novas; mas, logo que começava a escurecer, não sabia onde me meter. Os escassos livros que achei debaixo do armário e na despensa conhecia-os de cor. Todas as histórias de que se lembrava minha governanta Kirílovna já haviam sido contadas; as canções das camponesas aborreciam-me. Comecei a tomar licor não adoçado, mas ele me dava dor de cabeça e, confesso, tinha medo de virar um daqueles bêbedos *amargurados*; vi muitíssimos exemplos disso em nosso concelho.

Não havia vizinhos por perto a não ser dois ou três desses bêbedos *amargurados*, cuja conversa em grande parte consistia de soluços e suspiros. A solidão era mais suportável. Acabei resolvendo dormir o mais cedo possível e almoçar o quanto mais tarde. Desse modo, encurtei as noites, prolonguei os dias e adquiri esse costume, que é bom.

A quatro verstas[1] de minha casa havia uma rica propriedade rural que pertencia à condessa B***. Mas lá vivia apenas o administrador, tendo a condessa visitado sua propriedade somente uma vez no primeiro ano de sua vida matrimonial e, mesmo assim, não se demorou ali mais que um mês. Porém, na segunda

[1] Medida de comprimento russa igual a 1.067 metros.

primavera de minha reclusão, correu o boato de que a condessa e seu marido chegariam para passar o verão na aldeia. De fato, eles chegaram no começo de junho.

A chegada de um vizinho rico é um acontecimento importante para os aldeões. Os senhores de terras e sua criadagem discorreram sobre o assunto durante dois meses antes e três anos depois. Quanto a mim, confesso que a notícia da vinda de uma jovem e formosa vizinha produziu-me um forte efeito. Ardia de impaciência em vê-la, por isso, no primeiro domingo após a chegada deles, depois do almoço, fui à aldeia *** para apresentar-me aos senhores condes como vizinho próximo e seu criado.

O lacaio levou-me ao gabinete do conde e foi anunciar minha visita. O espaçoso gabinete estava decorado com todo o luxo; havia armários de livros e, sobre cada um deles, um busto de bronze; em cima da lareira de mármore pendia um largo espelho; o chão era coberto por um tapete verde. Desacostumado do luxo em meu pobre canto e há tempos sem ver a riqueza dos outros, intimidei-me, esperava o conde com certo nervosismo, como um solicitante de província aguarda a aparição do Ministro. As portas abriram-se, e entrou um homem de uns trinta anos, de ótima aparência. O conde aproximou-se de mim com ar franco e amigável. Tentei criar ânimo, comecei a me apresentar, mas ele se antecipou. Nós nos sentamos. Sua conversa, livre e gentil, dissipou minha timidez interiorana. Começava a recuperar meu estado costumeiro quando entrou a condessa, e o embaraço dominou-me mais do que antes. Ela era realmente uma beldade. O conde apresentou-me a ela. Eu queria parecer desenvolto mas, quanto mais tentava mostrar desembaraçado, mais me sentia sem jeito.

Eles, querendo dar tempo para que eu me recompusesse e familiarizasse com as novas relações, começaram a falar entre si, tratando-me sem formalidades, como a um bom vizinho. Comecei a andar de lá para cá, olhando os livros e os quadros. Não sou conhecedor de quadros, mas um deles chamou minha atenção: representava uma paisagem suíça, porém, não foi a pintura que me impressionou, mas o fato de que o quadro fora perfurado por duas balas, uma sobre a outra.

— Eis uma boa pontaria — comentei, dirigindo-me ao conde.

— Sim — respondeu ele —, uma pontaria formidável. E o senhor atira bem? — continuou.

— Consideravelmente — respondi, contente com o fato de a conversa passar para um assunto que me era familiar. — A trinta passos, não erro uma carta de baralho, com pistolas que eu conheça, evidentemente.

— Verdade? — a condessa comentou, com ar de grande interesse. — E você, meu querido, acertaria uma carta a trinta passos?

— Qualquer dia — respondeu o conde —, nós vamos tentar. No meu tempo eu atirava razoavelmente, mas já faz quatro anos que não empunho uma pistola.

— Oh! — exclamei. — Nesse caso, aposto que o senhor conde não acertaria uma carta de baralho nem a vinte passos. A pistola exige exercícios diários. Sei disso por experiência. Em nosso regimento eu era considerado um dos melhores atiradores. Certa vez passei um mês inteiro sem tocar na pistola: as minhas estavam no conserto. E o que o senhor imagina? Quando fui atirar de novo, errei quatro tiros seguidos numa garrafa a vinte e cinco passos de mim. Havia entre nós um capitão da cavalaria. Espirituoso, brincalhão, ele estava perto de mim naquela hora e disse: "Pelo visto, meu caro, contra a garrafa sua mão não se levanta". Não, senhor conde, não se devem negligenciar esses exercícios, senão desacostuma-se de vez. O melhor atirador que eu conheço atirava todo dia, ao menos três vezes antes do almoço. Isso para ele era um hábito, como tomar um cálice de vodca.

O conde e a condessa ficaram contentes de eu ter entabulado conversação.

— E como ele atirava? — perguntou-me o conde.

— Era assim: se ele via uma mosca pousar na parede (está rindo, condessa? É verdade, juro por Deus) gritava: "Kuska, a pistola!". Kuska trazia a pistola carregada. Então pumba! E ele incrustava a mosca na parede.

— Isso é surpreendente! — disse o conde. — E como ele se chamava?

— Sílvio, senhor conde.

— Sílvio! — exclamou o conde, pulando do lugar. — O senhor conhecia Sílvio?

— Como não, senhor? Éramos amigos; em nosso regimento ele foi aceito como irmão e companheiro.

Mas já faz cinco anos que não tenho nenhuma notícia dele. Pois então o senhor também o conhecia?

— Conhecia, conhecia muito bem. Ele não contou, por acaso, sobre um acontecimento estranho?

— Não seria sobre uma bofetada, senhor conde, que ele levou de um pândego num baile?

— Ele não lhe disse o nome desse pândego?

— Não, senhor conde, não disse... Ah, senhor conde — continuei, adivinhando a verdade —, desculpe... eu não sabia... seria o senhor?...

— Eu mesmo — respondeu o conde, parecendo estar muito aflito —, e o quadro atravessado a tiro é a lembrança do nosso último encontro.

— Ah, meu querido, não conte, será terrível para mim ouvir.

— Não — objetou o conde —, ele sabe como eu ofendi seu amigo, que saiba também como Sílvio se vingou de mim.

O conde puxou para mim a poltrona e eu, com o mais vivo interesse, ouvi o seguinte relato:

— Há cinco anos eu me casei. O primeiro mês, *the honey-moon*[2], passei aqui, nesta aldeia. Devo a esta casa os melhores minutos de minha vida e uma das mais penosas lembranças.

Certa tarde, andávamos os dois a cavalo. O cavalo de minha mulher empacou; ela se assustou, entregou-me as rédeas e foi a pé. Eu fui na frente. No pátio vi uma carruagem. Disseram-me que em meu gabinete

---

2 Lua-de-mel.

estava uma pessoa que não quis revelar seu nome, dizendo simplesmente que tinha um assunto a tratar comigo. Entrei nesse aposento e, na escuridão, vi um homem empoeirado e barbado. Ele estava aqui, perto da lareira. Cheguei perto dele tentando me lembrar de seus traços.

— Não me reconhece, conde? — disse ele com voz trêmula.

— Sílvio! — gritei eu e, confesso, senti de repente que meus cabelos puseram-se em pé.

— Exato — continuou ele —, estou lhe devendo um tiro; vim para descarregar minha pistola; está pronto? Sua pistola sobressaltava do bolso lateral.

— Medi doze passos e coloquei-me naquele canto, pedi que atirasse logo, antes que minha mulher voltasse. Ele demorava. Pediu luz. Foram trazidas velas. Tranquei a porta, ordenei que ninguém entrasse e, de novo, pedi que atirasse. Ele tirou a pistola e apontou-a... Eu contava os segundos... pensava nela... o minuto que se passou foi terrível! Sílvio abaixou a mão.

— Lamento — disse ele — que a pistola não esteja carregada com caroços de cereja, a bala é muito pesada. Tenho a impressão de que isto não é um duelo, mas um assassinato: não estou acostumado a apontar a arma para um desarmado. Começaremos tudo de novo, vamos tirar a sorte para ver quem atira primeiro.

— Minha cabeça girava. Parecia-me que eu não concordava... Finalmente carregamos mais uma pistola, enrolamos dois bilhetes, ele os colocou no boné outrora perfurado por mim; tirei o número um.

— Conde, você tem uma sorte dos diabos! — disse ele com um risinho que nunca esquecerei.

— Não entendo o que houve comigo e de que maneira ele conseguiu me obrigar... mas atirei e acertei neste quadro (o conde apontou o dedo para o quadro furado. Seu rosto ardia como fogo. A condessa estava mais branca do que seu lenço; eu não pude conter uma exclamação).

— Eu atirei e, graças a Deus, errei; então Sílvio... (naquele momento ele estava realmente terrível), Sílvio começou a apontar a pistola para mim. De repente as portas abriram-se, Macha entrou correndo e, com um grito estridente, atirou-se ao meu pescoço. Sua presença devolveu-me todo meu brio.

— Querida — disse eu —, será que você não vê que nós estamos brincando? Que susto você levou! Vá, tome um copo de água e volte aqui, vou lhe apresentar meu antigo amigo e companheiro.

— É verdade o que meu marido diz? — dirigiu-se ela ao temível Sílvio. — É verdade que vocês dois estão brincando?

— Ele brinca sempre, condessa — respondeu-lhe Sílvio —, um dia ele me deu uma bofetada brincando, brincando ele perfurou este meu boné, e também brincando acabou de errar o tiro contra mim. Agora eu também tenho vontade de brincar...

— Com essas palavras ele queria apontar a pistola para mim... na presença dela! Macha atirou-se aos seus pés.

— Levante-se, Macha, que vergonha! — gritei enfurecido. — E você, meu senhor, por que não pára de escarnecer da pobre mulher? Vai atirar ou não?

— Não vou — disse Sílvio —, estou satisfeito, eu o vi perturbado, vi seu medo, forcei-o a atirar em mim. Para mim é o suficiente. Agora, irá sempre se lembrar de mim. Entrego-o à sua própria consciência. E ele foi saindo, mas parou na porta, olhou para o quadro perfurado, atirou nele quase sem mirar e desapareceu. Minha mulher estava desmaiada; os criados não ousaram pará-lo e olhavam para ele com pavor. Ele saiu para o terraço, chamou o cocheiro e foi-se embora antes que eu pudesse esboçar uma reação.

O conde calou-se. Foi dessa maneira que eu soube o fim da novela, cujo começo deixara-me atônito um dia. Com seu protagonista nunca mais me encontrei. Dizem que, durante a rebelião de Alexandre Ipsilanti, ele comandava o destacamento de Leteristas[3] e foi morto durante a batalha de Skuliani.

[3] Membros da sociedade secreta que lutavam pela libertação da Grécia do domínio turco em 1821.

A nevasca

Uma tróica[1], *pelo campo,*
Corre, amassando as neves.
Solitário, um templo
Aparece ao longe

....

Cai de súbito a nevasca,
Turbilhão de neve em massa.
Asas negras de um corvo
Giram sobre o trenó.

Excitados, os cavalos,
Com o olhar nas trevas,
Aceleram a corrida,
Levantando as crinas.

Um profético gemido
Anuncia um pesar.

Jukovski
"Svetlana"

---

[1] Conjunto de três cavalos atrelados a um trenó ou a uma carruagem.

No fim do ano de 1811, numa época memorável para nós, vivia em sua propriedade de Nenarádovo o bom Gavrila Gavrílovitch R***. Nos arredores, ele era famoso pela hospitalidade e cordialidade; com muita freqüência os vizinhos iam à sua casa comer, beber, jogar bóston a cinco copeques com sua esposa Praskóvia Petrovna, e alguns, para admirar sua filha, Maria Gavrílovna, esbelta e pálida jovem de dezessete anos. Era considerada uma noiva rica e muitos contavam tê-la como esposa ou nora.

Maria Gavrílovna fora educada na leitura de romances franceses e, por conseqüência, estava apaixonada. O alvo escolhido por ela era um pobre tenente que passava férias em sua aldeia natal. Evidentemente o jovem também ardia de paixão e os pais de sua namorada, ao notar a afeição recíproca, proibiram a filha até de pensar nele e recebiam-no pior do que a um assessor aposentado.

Nossos namorados mantinham correspondência e viam-se diariamente a sós no pinheiral ou na velha capela. Lá eles juravam um ao outro amor eterno, queixavam-se do destino e faziam diversas suposições. Escrevendo cartas e conversando dessa forma, eles (o que é natural) chegaram ao seguinte raciocínio: se nós não podemos nem respirar um sem o outro, e se a vontade cruel dos pais impede a nossa felicidade, não poderíamos nós prescindir dela? É evidente que essa afortunada idéia veio primeiro à mente do jovem e que agradou muito à imaginação romântica de Maria Gavrílovna.

Chegou o inverno e seus encontros interromperam-se; mas a correspondência tornou-se mais intensa. Em cada carta, Vladímir Mikháilovitch implorava-lhe entregar-se a ele, casar-se secretamente, desaparecer por algum tempo e depois cair aos pés dos pais que, certamente comovidos pela heróica lealdade e pelo infortúnio dos apaixonados, diriam, sem dúvida:

— Crianças, venham aos nossos braços!

Maria Gavrílovna vacilou por muito tempo; inúmeros planos de fuga foram rejeitados. Finalmente concordou. No dia fixado ela deveria deixar de jantar sob o pretexto de uma dor de cabeça. Sua criada fazia parte da conspiração; as duas sairiam pelos fundos e, atrás do jardim, tomariam um trenó já de prontidão e viajariam umas cinco verstas de Nenarádovo até Járdino, dirigindo-se diretamente à igreja, onde Vladímir estaria à sua espera.

Na véspera do dia decisivo, Maria Gavrílovna não dormiu a noite toda; entrouxou suas roupas, escreveu uma longa carta para sua amiga, moça muito sensível, e outra para seus pais. Ela se despedia deles com as palavras mais comoventes, desculpando seu procedimento pela irresistível força da paixão, dizendo no final que consideraria o momento mais feliz da sua vida aquele em que lhe fosse permitido cair aos pés de seus queridíssimos pais. Ao lacrar as duas cartas com sinete de Tula no qual estavam entalhados dois corações em chamas e uma inscrição conveniente, ela caiu na cama pouco antes do amanhecer e cochilou; mas sonhos terríveis acordavam-na a cada instante. Ora parecia-lhe que no momento de pegar o trenó para ir ao casamento seu pai a detinha, arrastava-a pela neve com uma velocidade torturante e a jogava num subterrâneo escuro e sem fundo... e ela caía precipitadamente com o coração desfalecido de um jeito indefinível; via também Vladímir, deitado na relva, pálido e ensangüentado. Morrendo, ele implorava-lhe com voz estridente para se apressar a se casar com ele... e outras visões hediondas, sem sentido, passavam diante dela uma após outra. Finalmente, ela se levantou, mais pálida que habitualmente e com uma dor de cabeça de verdade. O pai e a mãe notaram seu desassossego; a preocupação carinhosa deles e as perguntas sem cessar: "O que há com você, Macha? Não estaria doente, Macha?" dilaceravam seu coração. Ela procurava acalmá-los, tentava parecer alegre e não conseguia. Chegou a noite. A idéia de que, pela última vez, ela passava o dia com sua família apertava-lhe o coração. Estava mais morta que viva; no íntimo, ela se despedia de todas as pessoas, de todos os objetos que a cercavam. Serviram o jantar; seu coração palpitou. Com voz trêmula ela disse que não tinha vontade de jantar e começou a se despedir dos pais. Eles a beijaram e abençoaram, como de costume; por pouco ela não chorou. Ao entrar no seu quarto, caiu na poltrona e se desfez em prantos. A criada tentava acalmá-la e animá-la. Tudo estava pronto. Dentro de meia hora, Macha deveria abandonar para sempre a casa dos pais, seu quarto, sua tranqüila vida de donzela... Fora estava nevando, o vento uivava, as persianas tremiam e batiam; tudo lhe parecia uma ameaça e um presságio triste. Dentro da casa logo tudo se acalmou e adormeceu. Macha enrolou-se num xale, vestiu um casaco quente e saiu pela entrada de serviço. Atrás dela a criada carregava duas trouxas. Elas desceram para o jardim. A nevasca não amainava. O vento batia de frente, como que tentando deter a jovem contraventora. A muito custo elas atravessaram o jardim. No caminho, o trenó já estava esperando-as. Os cavalos, transidos de frio, estavam inquietos; o cocheiro de Vladímir andava na frente dos varais, segurando os briosos animais. Ele ajudou a senhorita e a criada a se acomodarem e colocarem as trouxas e uma caixinha, pegou as rédeas, e os cavalos arrancaram. Entregando a senhorita aos cuidados do destino e à arte do cocheiro Terióchka, voltemos ao nosso jovem galã.

O dia todo Vladímir passou viajando para cá e para lá. De manhã esteve com o padre de Járdino; a muito custo conseguiu chegar a um acordo com ele; depois, foi procurar testemunhas entre os senhores de terras vizinhas. O primeiro a quem ele visitou, o quarentão Drávin, alferes da cavalaria reformado, concordou de bom grado. Essa aventura, dizia ele, lembrava-lhe os tempos passados e as travessuras dos hussardos. Convenceu Vladímir a ficar para almoçar com ele e assegurou que outras duas testemunhas não faltariam. De fato, logo depois do almoço, apareceram o agrimensor Schmit, de bigodes e esporas, e o filho do capitão comissário de polícia, um rapaz de uns dezesseis anos que acabara de se tornar ulano[2]. Eles não apenas aceitaram a proposta de Vladímir, como juraram estar dispostos a dar suas vidas por ele. Vladímir abraçou-os com entusiasmo e dirigiu-se à casa para se preparar.

Já havia algum tempo que começara a escurecer. Ele mandou seu fiel cocheiro Terióchka e a tróica para Nenarádovo com recomendações detalhadas e exaustivas. Para si mesmo mandou atrelar um cavalo num pequeno trenó e, sem cocheiro, partiu para Járdino, onde dentro de umas duas horas deveria chegar Maria Gavrílovna. O caminho lhe era conhecido e levava uns vinte minutos apenas.

Mas, logo depois que Vladímir saiu da aldeia, começou a ventar, e a nevasca tornou-se tão forte que Vladímir não conseguia enxergar nada. Num minuto o caminho ficou coberto de neve; o horizonte sumiu numa bruma turva e amarelada, através da qual voavam brancos flocos de neve; o céu fundiu-se com a terra. Vladímir foi parar no meio do campo e inutilmente tentava voltar à estrada. Ele procurava ao menos não perder a direção certa. Porém, parecia-lhe que mais de meia hora já se passara, e ele não alcançara nem o bosque de Járdino. Passaram mais uns dez minutos, e nada de bosque à vista. Vladímir continuava indo pelo campo

---

2 Lanceiro de cavalaria ligeira (N. do T.).

sulcado por barrancos fundos. A nevasca não parava, o céu continuava escuro. Seu cavalo já começava a se cansar e ele próprio suava em bicas apesar de afundar na neve até a cintura a cada instante.

Finalmente, viu que estava indo na direção errada. Vladímir parou. Começou a pensar, lembrar, raciocinar e chegou à conclusão de que deveria ir para a direita. Foi para a direita. Seu cavalo mal andava. Já há mais de uma hora que ele estava viajando. Járdino já deveria estar por perto. Mas ele ia e ia e o campo não tinha fim. Continuavam os barrancos e montes de neve, o trenó virava-se e ele o levantava a cada minuto. O tempo passava. Vladímir começou a ficar muito preocupado.

Finalmente, de um lado do campo, começou a negrejar. Vladímir virou para lá. Aproximando-se viu um bosque. Graças a Deus, pensou ele, agora estou perto. Foi ladeando o bosque esperando encontrar o caminho conhecido ou contornar o bosque: Járdino situava-se bem atrás dele. Logo ele achou o caminho e entrou nas trevas das árvores, desnudadas pelo inverno. O vento não podia desenfrear-se aqui: o caminho estava plano, o cavalo criou ânimo e Vladímir acalmou-se.

Mas ele continuava indo e Járdino não aparecia, o bosque não tinha fim. Horrorizado, Vladímir percebeu que tinha entrado numa floresta desconhecida. O desespero tomou conta dele. Chicoteou o cavalo. O pobre animal andou a trote, mas logo começou a se cansar e dentro de um quarto de hora foi a passo, apesar de todos os esforços de Vladímir.

Pouco a pouco as árvores começaram a rarear. Vladímir saiu da floresta; Járdino não se via. Deveria ser quase meia-noite. Lágrimas jorraram de seus olhos; ele foi a esmo. O tempo amainou, as nuvens estavam se dispersando, diante dele havia uma planície coberta com um branco tapete ondulado. A noite estava bastante clara. Ele viu uma pequena aldeia de quatro ou cinco casas. Vladímir foi até lá. Perto da primeira casinha pulou do trenó, chegou à janela e começou a bater. Dentro de alguns minutos a persiana de madeira levantou-se e um velho colocou para fora sua barba grisalha.

— O que é?

— Járdino está longe?

— Járdino, se está longe?

— Sim, sim, está longe?

— Não, umas dez verstas daqui. — Com tal resposta Vladímir puxou os cabelos e ficou imóvel como um condenado à morte.

— E de onde você é? — continuou o velho.

Vladímir não tinha ânimo para responder perguntas.

— Pode me arranjar cavalos para ir até Járdino, meu velho? — disse ele.

— E, por acaso, nós temos cavalos?

— E um guia, pelo menos? Pagarei o que ele quiser.

— Espere — disse o velho, abaixando a persiana —, vou mandar-lhe meu filho, ele o acompanhará. — Vladímir esperou. Não passou nem um minuto e ele começou a bater. A persiana levantou-se, a barba apareceu.

— Do que precisa?

— E o seu filho?

— Já vai, está se calçando. Está gelado? Venha se aquecer.

— Agradeço, mande logo seu filho.

O portão rangeu, o rapaz saiu com um cajado e foi na frente, ora indicando, ora procurando o caminho coberto de montões de neve.

— Que horas são? — perguntou Vladímir.

— Logo vai amanhecer — respondeu o jovem mujique. Vladímir não disse mais nem uma palavra.

Os galos cantavam e já estava claro quando eles chegaram a Járdino. A igreja estava fechada. Vladímir pagou o guia e foi à casa do sacerdote. A tróica não estava lá. Que notícia o esperava!

Mas voltemos aos bons senhores de terras de Nenarádovo e veremos o que acontece por lá.

Nada simplesmente.

Os velhos acordaram, saíram para a sala. Gavrila Gavrílivitch de gorro de dormir e blusão de flanela, Praskóvia Petrovna de roupão acolchoado. Foi trazido o samovar e Gavrila Gavrílovitch mandou a menina perguntar a Maria Gavrílovna como ela estava de saúde e como havia passado a noite. A menina voltou dizendo que a senhorita dormira mal, mas que agora estava melhor e ia descer para a sala. Realmente a porta abriu-se, e Maria Gavrílovna veio cumprimentar o papai e a mamãe.

— Como está sua cabeça, Macha? — perguntou Gavrila Gavrílovitch.

— Melhor, paizinho — respondeu Macha.

— Certamente, você teve uma intoxicação — disse Praskóvia Petrovna.

— Talvez, mamãe — respondeu Macha.

O dia correu bem, mas de noite Maria Gavrílovna sentiu-se mal. Mandaram buscar um médico na cidade. Ele chegou no fim da tarde e encontrou a doente delirando. Começou uma febre muito alta e durante duas semanas a pobrezinha esteve à morte.

Ninguém em casa sabia da fuga planejada. A criada não dizia nada a ninguém, temendo a ira dos patrões. O padre, o alferes reformado, o agrimensor bigodudo e o simpático ulano mantinham discrição e não sem razão. O cocheiro Terióchka nunca falava demasiado, mesmo quando embriagado. De sorte que o segredo foi mantido por mais de meia dúzia de cúmplices. Mas a própria Maria Gavrílovna revelava-o num delírio contínuo. Porém, suas palavras eram tão incoerentes que a mãe, que não se afastava de sua cama, podia entender apenas que sua filha estava loucamente apaixonada por Vladímir Nikoláievitch, e que, provavelmente, a causa da doença era o amor. Ela aconselhou-se com o marido e com alguns vizinhos e, finalmente, todos decidiram unanimemente, que tal era a sorte de Maria Gavrílovna, que não se foge do destino, que pobreza não é vileza, que não é a fortuna que traz a felicidade, mas o amor e assim por diante. Os provérbios morais são muito úteis em ocasiões em que pouco podemos inventar para nos justificarmos.

Entretanto, a moça começou a melhorar. Havia tempo que Vladímir não era visto em casa de Gavrila Gavrílovitch. O tratamento habitual assustava-o. Decidiram chamá-lo e anunciar a inesperada felicidade: o consentimento para o matrimônio. Mas qual não foi a surpresa dos senhores de terras de Nenarádovo quando, em resposta ao convite, receberam dele uma carta meio maluca! Ele declarava que nunca mais poria os pés na casa deles e pedia que esquecessem o desditoso, para quem a morte era a única esperança. Alguns dias depois eles souberam que Vladímir partira para o exército. Isso aconteceu em 1812[3].

Durante muito tempo não ousaram falar sobre isso com a convalescente Maria Gavrílovna. Ela mesma nunca mencionava Vladímir. Passados alguns meses, ao encontrar seu nome na lista dos condecorados e gravemente feridos na batalha de Borodinó, ela desmaiou e recearam que a febre voltasse. Porém, graças a Deus, o desmaio não teve conseqüências.

Um outro pesar veio visitá-la: Gavrila Mikháilovitch faleceu deixando-a como herdeira de toda a propriedade. Mas a herança não a consolava; ela partilhava sinceramente a tristeza da pobre Praskóvia Petrovna, jurava nunca se separar dela; ambas deixaram Nenarádovo, lugar de tristes lembranças, e foram morar na fazenda ***.

Os pretendentes rondavam a simpática e rica moça casadoura ali também, mas ela não dava a mínima esperança a ninguém. A mãe, às vezes, tentava convencê-la

---

[3] Ano em que Napoleão invadiu a Rússia (N. do T.).

a escolher um amigo. Maria Gavrílovna, pensativa, balançava a cabeça. Vladímir já não existia mais; morrera em Moscou na véspera da entrada dos franceses na cidade. À Macha parecia sagrada a lembrança dele; pelo menos ela guardava tudo o que poderia lembrá-lo: os livros lidos por ele outrora, desenhos, partituras e versos copiados para ela. Os vizinhos, ao saberem de tudo, admiravam sua constância e com curiosidade esperavam pelo aparecimento do herói que deveria triunfar, finalmente, sobre a triste fidelidade dessa casta Ártemis.

Nesse meio tempo, a guerra terminou com glória. Nossos regimentos voltaram do exterior. O povo saía correndo ao seu encontro; orquestras tocavam canções aprendidas: "Vive Henri IV", valsas tirolesas e árias da Gioconda. Os oficiais que saíram em campanha quase adolescentes voltavam amadurecidos pelo ar das batalhas, cheios de condecorações. Os soldados conversavam alegremente entre si, a cada minuto introduzindo em sua fala palavras alemãs e francesas. Tempos inesquecíveis! Tempos de glória e de euforia. Como batia forte o coração russo com a palavra "Pátria"! Como eram doces as lágrimas dos encontros! Com que unanimidade juntávamos o sentimento de orgulho nacional com o amor ao Soberano! E, para Ele, que momento aquele!

As mulheres russas eram soberbas naquele tempo. Sua habitual frieza desapareceu. Sua euforia era verdadeiramente embriagadora quando, ao receber os vencedores, elas gritavam: urra! E jogavam as touquinhas para o ar.

Quem dos oficiais daquele tempo não reconheceria que deve à mulher russa o melhor e o mais precioso prêmio?

Nessa gloriosa época Maria Gavrílovna vivia com sua mãe na província*** e não viu como as duas capitais festejavam a volta das tropas. Mas no distrito e nas aldeias o entusiasmo geral era, talvez, mais forte. O aparecimento de um oficial nesses lugares era uma verdadeira solenidade e perto dele um namorado de casaca não se sentia nada bem.

Nós já contamos que, apesar de sua frieza, Maria Gavrílovna continuava rodeada de pretendentes. Mas todos tiveram de recuar quando em seu castelo apareceu o coronel de hussardos Burmin, ferido, com a estrela de são Jorge na lapela e uma palidez interessante, como diziam as moças de lá. Ele tinha uns vinte e seis anos. Foi passar as férias em suas propriedades, situadas nas proximidades da aldeia de Maria Gavrílovna. Maria Gavrílovna dava-lhe preferência notável. Em sua presença, seu estado, contemplativo habitualmente, ganhava mais vida. Não se podia dizer que ela coqueteava com ele. Mas um poeta, ao observá-la, diria: *si amore non è, che dunque?...*[4]

Burmin realmente era um jovem muito simpático. Tinha justamente aquele espírito que agrada às mulheres: de decoro e de observação, desafogadamente zombeteiro e sem nenhuma pretensão. Seu comportamento com Maria Gavrílovna era simples e livre; mas

---

[4] Se amor não é, o que é então? (N. do T.).

qualquer coisa que ela dissesse ou fizesse, sua alma e seus olhares não paravam de segui-la. Ele parecia ter um temperamento tranqüilo e modesto, mas os boatos faziam crer que fora um terrível pândego, o que não o prejudicava na opinião de Maria Gavrílovna que (como todas as jovens senhoras em geral) desculpava com prazer as brincadeiras que revelam um caráter audacioso e fogoso.

E mais do que tudo — mais que a delicadeza, conversas agradáveis, a palidez intrigante e o braço enfaixado — era o silêncio do jovem hussardo que instigava sua curiosidade e imaginação. Ela não podia deixar de perceber que ele lhe agradava muito. Provavelmente ele, tendo inteligência e experiência, já devia ter percebido que ela o notava. Por que então não o vira aos seus pés e até agora não ouvira sua declaração de amor? O que o estava segurando? Timidez inseparável do amor verdadeiro, orgulho ou coquetismo de um namorador astuto? Para ela isso era um mistério. Pensando bem, chegou à conclusão de que a única causa era a timidez, e decidiu incentivá-lo com uma atenção maior e até com carinho, dependendo das circunstâncias. Ela imaginava um desfecho mais inesperado e aguardava com impaciência o momento de uma romântica declaração. Para o coração feminino, o mistério de qualquer espécie sempre é penoso. Suas ações ofensivas tiveram o sucesso desejado: pelo menos Burmin caiu em tamanha meditação e seu olhos negros com tanto ardor fitavam Maria Gavrílovna, que o minuto decisivo parecia estar perto. Os vizinhos falavam do casamento como de um assunto resolvido, e a bondosa Praskóvia Petrovna sentia-se feliz por sua filha ter encontrado, finalmente, um noivo digno dela.

Certa vez Praskóvia Petrovna estava na sala jogando paciência quando Burmin entrou e perguntou por Maria Gavrílovna.

— Ela está no jardim — respondeu a velhinha —, vá até ela, eu os espero aqui.

Burmin foi, e a velhinha persignou-se pensando: quem sabe, o negócio se resolve hoje mesmo!

Burmin encontrou Maria Gavrílovna na beira do açude, debaixo de um salgueiro, com um livro nas mãos e de vestido branco — verdadeira heroína de um romance. Depois das primeiras perguntas, Maria Gavrílovna parou de puxar conversa propositadamente, agravando com isso o embaraço mútuo, do qual só poderia livrar-se por uma declaração súbita e resoluta. E foi assim que aconteceu: Burmin, vendo-se em situação constrangedora, disse que há muito tempo procurava uma ocasião para abrir seu coração e pediu um minuto de atenção. Maria Gavrílovna baixou os olhos em sinal de consentimento.

— Eu a amo, apaixonadamente... (Maria Gavrílovna corou e abaixou mais ainda a cabeça). Cometi uma imprudência entregando-me ao agradável costume de vê-la e de ouvi-la diariamente... (Maria Gavrílovna lembrou-se da primeira carta de St.-Preux). Agora já é tarde para contrariar meu destino; suas lembranças, sua querida e incomparável imagem serão daqui para frente meu tormento e a alegria da minha vida; mas, ainda tenho que cumprir uma penosa obrigação de lhe revelar um terrível segredo que colocará entre nós uma barreira intransponível...

— Ela sempre existiu — interrompeu-o vivamente Maria Gavrílovna —, eu nunca poderia ser sua esposa...

— Sei — respondeu ele em voz baixa —, sei que há tempos você amava, mas a morte e os três anos de pesar... Bondosa e adorável Maria Gavrílovna, não tente me privar do último consolo: pensar que você concordaria em me fazer feliz se eu... Não fale nada, pelo amor de Deus, não fale nada. Você me atormenta. Sim, eu sei, eu sinto que você seria minha, mas eu sou a criatura mais infeliz... eu sou casado!

Maria Gavrílovna olhou para ele com surpresa.

— Sou casado — continuou Burmin —, casado já há mais de três anos e não sei quem é minha esposa, onde ela está e se eu a verei um dia!

— Não me diga! — exclamou Maria Gavrílovna. — Que coisa estranha! Continue, eu contarei depois... mas continue, tenha a bondade.

— No começo do ano de 1812 — disse Burmin —, eu tinha pressa em chegar até a cidade de Vilno, onde estava nosso regimento. Ao chegar à estação, tarde da noite, mandei atrelar os cavalos e, de repente, começou uma terrível tempestade de neve. Tanto o chefe da estação como os cocheiros aconselharam-me a esperá-la passar. Aceitei o conselho, mas um estranho desassossego me dominava; parecia que alguém estava me empurrando. A nevasca não cessava, eu não agüentei, de novo ordenei que atrelassem os cavalos e parti em plena tempestade. O cocheiro resolveu ir pelo rio, o que encurtaria nosso caminho em três verstas. As margens estavam cobertas de neve, e o cocheiro passou o lugar de onde sairíamos para o caminho e, dessa maneira, fomos parar num lugar desconhecido. A nevasca não amainava; vi uma luzinha e mandei ir na direção dela. Chegamos a uma aldeia. Havia luz na igreja de madeira. O portão estava aberto, havia vários trenós no pátio, pelo átrio andavam pessoas. "Para cá, para cá" — gritaram várias vozes. Mandei o cocheiro chegar perto. "Ora! Onde você se meteu?" — disse alguém. A noiva havia desmaiado, o padre não sabia o que fazer. "Nós já íamos embora. Venha logo". Pulei do trenó sem dizer nada e entrei na igreja mal iluminada por duas ou três velas. Uma moça estava sentada num banquinho num canto escuro da igreja; a outra esfregava suas têmporas. "Graças a Deus" — disse esta — "o senhor chegou. Por pouco não fez a senhorita morrer". O velho padre aproximou-se e perguntou: "Podemos começar?". "Comece, comece, reverendo" — respondi distraidamente. Levantaram a moça, ela não me pareceu nada má... Uma leviandade incompreensível, imperdoável... eu me coloquei do lado dela, o padre estava com pressa; três homens e a criada apoiavam a noiva, preocupados somente com ela. O padre casou-nos. "Beijem-se", nos disseram. Minha esposa virou seu rosto pálido para mim. Eu quis beijá-la... Ela gritou: "Ah, não é ele! Não é ele!" — e caiu sem sentidos. As testemunhas olharam para mim assustadas. Eu virei as costas, saí da igreja sem nenhum impedimento, joguei-me no trenó e gritei: "Vamos!".

— Meu Deus! — gritou Maria Gavrílovna — E você não sabe que fim levou sua pobre esposa?

— Não sei — respondeu Burmin —, não sei como se chama a aldeia onde fui casado, não me lembro de que estação parti. Naquele tempo dei tão pouca importância a essa minha travessura delituosa que, ao afastar-me da igreja, dormi e acordei apenas na manhã seguinte já na terceira estação. O criado que estava comigo naquela ocasião morreu durante a marcha, por isso não tenho esperança de encontrar aquela de quem zombei tão cruelmente e que agora está vingada não menos cruelmente.

— Meu Deus, meu Deus! — disse Maria Gavrílovna, agarrando-lhe a mão. — Então foi você! E não está me reconhecendo?

Burmin empalideceu... e jogou-se a seus pés...

O agente funerário

Não vemos sempre o dia-a-dia dos caixões,
cabelos brancos do universo caducando?

Derjávin

Os últimos trastes do agente funerário foram colocados no carro mortuário e a magra parelha de cavalos foi se arrastando, pela quarta vez, da rua Basmánnaia até a rua Nikítskaia, para onde o agente funerário fazia a mudança de toda a sua família. Ao fechar sua lojinha, pregou no portão a tabuleta "vende-se ou aluga-se" e foi a pé até sua nova residência. Quando estava se aproximando da casinha amarela, que por tanto tempo seduzira sua imaginação e finalmente fora comprada por um valor considerável, o velho agente funerário sentiu, surpreso, que seu coração não se alegrava. Passando a soleira desconhecida e encontrando agitação na nova moradia, suspirou pelo velho casebre onde, durante dezoito anos, tudo obedecia à mais severa ordem; começou a censurar a lentidão de suas duas filhas e da empregada e pôs-se a ajudá-las. Logo a ordem foi instalada; o caixilho com ícones, o armário com a louça, a mesa, o sofá e a cama ocuparam seus determinados cantos no quarto de trás; na cozinha e na sala de visitas foram colocados os artigos do patrão: caixões de todas as cores e de diversos tamanhos, armários com chapéus de luto, capas e tochas. Sobre o portão pendurou-se a placa representando Cupido, segurando uma tocha virada para baixo, com a inscrição: "Aqui vendem-se caixões simples e pintados, como também alugam-se e consertam-se caixões velhos". As moças foram para seu quarto. Adrian deu uma volta pela casa, sentou-se perto da janela e mandou preparar o samovar.

O leitor culto sabe que Shakespeare e Walter Scott, ambos, representaram seus coveiros como pessoas alegres e espirituosas, para surpreender nossa imaginação com essa contradição. Por respeito à verdade, nós não podemos seguir seus exemplos e somos obrigados a confessar que o temperamento do nosso agente funerário correspondia plenamente a seu lúgubre ofício. Adrian Prókhorov costumava ficar sombrio e pensativo. Rompia o silêncio apenas para repreender suas filhas quando as encontrava sem ocupação nenhuma, olhando pela janela para os passantes, ou quando pedia por suas obras um preço exagerado para aqueles que tinham a infelicidade (e, às vezes, o prazer) de precisar delas. Pois bem, Adrian, sentado à janela e tomando a sétima xícara de chá, estava mergulhado em pensamentos tristes, como habitualmente. Pensava na chuva torrencial que uma semana antes surpreendera perto da barreira o enterro do brigadeiro aposentado. Muitos mantos haviam encolhido por causa disso, muitos chapéus haviam perdido a forma. Ele previa gastos inevitáveis, porque os atavios fúnebres que possuía estavam num estado lamentável. Ele esperava compensar o prejuízo por conta da velha mulher do mercador Triukhin, que estava à morte havia já quase um ano. Mas ela estava morrendo em Rasguliai, e Prókhorov receava que seus herdeiros, apesar da promessa, não quisessem mandar buscá-lo tão longe e fechassem negócio com algum agente mais próximo.

Essas reflexões foram interrompidas por três inesperadas batidas na porta, à maneira dos maçons.

— Quem é? — perguntou o agente.

A porta abriu-se e um homem, no qual à primeira vista podia-se reconhecer um artesão alemão, entrou no aposento e, com ar de alegria, aproximou-se do agente funerário.

— Desculpe, caro vizinho — disse ele em russo, com aquela pronúncia que nós até hoje não conseguimos ouvir sem dar risada —, desculpe o incômodo... eu queria conhecê-lo o quanto antes. Sou sapateiro, meu nome é Gotlib Shultz e moro do outro lado da rua naquela casinha que está bem em frente às suas janelas. Amanhã festejo minhas bodas de prata e peço ao senhor e suas filhas que venham almoçar conosco como amigos.

O convite foi aceito com benevolência. O agente convidou o sapateiro a se sentar e tomar uma xícara de chá, e, graças ao temperamento franco de Gotlib Shultz, travou-se uma conversação bem amigável.

— Como vai o comércio? — perguntou Adrian.

— Ah — respondeu Shultz —, não posso me queixar. Aliás, é claro, minha mercadoria não é como a sua: um vivo pode se virar sem botas, mas um defunto não vive sem caixão.

— Pura verdade — disse Adrian —, se um vivo não tem com que comprar botas, não leve a mal, ele anda mesmo descalço, mas um defunto miserável ganha um caixão de graça.

Dessa maneira a conversa prolongou-se por mais algum tempo; finalmente o sapateiro levantou-se, despediu-se do agente funerário, reiterando seu convite.

No dia seguinte, às doze em ponto, o agente funerário e suas filhas saíram pela porteirinha da casa recém-comprada e dirigiram-se à casa do vizinho. Não vou descrever nem o cafetã russo de Adrian Prókhorov, nem os vestidos europeus de Akulina e de Dária, deixando neste caso o costume, adotado pelos romancistas de hoje. Porém, acho desnecessário omitir que ambas as moças usavam chapéus amarelos e sapatos vermelhos, o que acontecia somente em ocasiões solenes.

A apertada casinha do sapateiro estava cheia de gente, na maioria artesãos alemães com suas mulheres e aprendizes. Dos funcionários russos estava apenas o guarda Iurko, de origem finlandesa, que, apesar de seu modesto título, soubera conquistar a simpatia especial do anfitrião. Há uns vinte e cinco anos prestava serviço de corpo e alma, como o carteiro de Pogorelski. O incêndio do ano 12, ao destruir a antiga capital, acabou também com sua guarita amarela. Mas, logo que o inimigo foi expulso, em seu lugar apareceu uma nova, de cor cinza com coluninhas brancas de estilo dórico, e Iurko, de novo, andava em volta dela com *acha-d'armas e burel*. Ele era conhecido entre a maioria dos alemães que morava perto do Portal Nikítski e acontecia que alguns deles pernoitavam de domingo a segunda em sua guarita. Adrian, em seguida, tratou logo de travar conhecimento com ele porque, cedo ou tarde, poderia lhe ser útil e, quando os hóspedes puseram-se à mesa, sentou-se ao lado dele. O senhor e a senhora Shultz, sua filha Lotkhen de dezessete anos, todos os três almoçando com os convidados, ajudavam a cozinheira a servi-los. Correram rios de cerveja. Iurko comia por quatro. Adrian não ficava para trás, suas filhas andavam com cerimônias, a conversa em alemão ficava cada vez mais ruidosa. De repente o anfitrião pediu atenção e, abrindo uma garrafa, falou alto em russo.

— À saúde de minha querida Luísa!

O champanha começou a espumar. O anfitrião beijou com ternura o rosto fresco de sua esposa de quarenta anos, e os hóspedes ruidosamente beberam à saúde da querida Luísa.

— À saúde de meus caros convidados! — declarou o anfitrião, abrindo uma segunda garrafa. E os convidados agradeciam e esvaziavam seus copos. Então, os brindes seguiram-se um após outro: bebiam à saúde de cada hóspede em particular, à saúde de Moscou e de uma dúzia inteira de cidades alemãs, à saúde de todas as oficinas em geral e de cada uma em separado, à saúde dos mestres e dos aprendizes. Adrian bebia com diligência e ficou tão alegre que também deu uma sugestão brincalhona. De repente, um dos convidados, um padeiro gordo, levantou seu copo e exclamou: "À saúde daqueles para quem nós trabalhamos, *unserer*

Kundleute!"[1]. Como todas as outras, a proposta foi aceita com alegria e unanimemente. Os hóspedes começaram a se cumprimentar uns aos outros: o alfaiate ao sapateiro, o sapateiro a Iurko, o padeiro aos dois, todos ao padeiro e assim por diante. Iurko, no meio desses cumprimentos mútuos, virou-se para seu vizinho e gritou: "E você, beba à saúde de seus defuntos!". Todos riram, mas o agente funerário considerou-se ofendido e ficou sombrio. Ninguém notou isso, continuaram bebendo e já estavam tocando os sinos para as vésperas quando os convidados levantaram-se da mesa.

Os hóspedes saíram tarde, muitos deles meio alegres. O gordo padeiro e o encadernador, cujo rosto parecia encadernado em marroquim vermelhinho, levaram Iurko pelos braços até sua guarita, seguindo o ditado russo: amor com amor se paga. O agente funerário voltou para casa bêbedo e bravo.

— O que é isso — raciocinava ele em voz alta —, por que é que meu ofício é menos honesto que o dos outros? O agente funerário é irmão do carrasco, por acaso? Do que esses infiéis estão rindo? Será que agente funerário é um palhaço? Tinha vontade de chamar todos eles para festejar a mudança, fazer uma festa, mas isso não vai acontecer! Vou chamar aqueles para quem eu trabalho: os defuntos ortodoxos.

— O que há com o senhor? — disse a criada que, nesse momento estava tirando seus sapatos. — Que

[1] Nossos fregueses (N. do T.).

tolices são essas? Benza-se! Chamar defuntos para a festa! Que horror!

— Juro por Deus que vou chamar — continuou Adrian — e para amanhã mesmo! Sejam bem-vindos, meus benfeitores, para banquetearem-se em minha casa, ofereço o que Deus mandar.

Com essas palavras o agente funerário foi para a cama e logo começou a roncar.

Ainda estava escuro lá fora quando Adrian foi acordado. A mulher do mercador Triukhin faleceu nessa mesma noite, e o mensageiro de seu empregado veio a cavalo com essa notícia. O agente funerário deu-lhe uma moeda de dez copeques para a vodca, vestiu-se às pressas, pegou um cocheiro e foi a Rasguliai. Perto do portão já estava a polícia, mercadores andavam pela rua como corvos sentindo o corpo morto. A falecida estava em cima da mesa, amarela como cera, mas ainda não deformada pela decomposição. À sua volta apinharam-se parentes, vizinhos e o pessoal da casa. Todas as janelas estavam abertas, as velas acesas, os padres faziam as orações. Adrian dirigiu-se ao sobrinho de Triúkhina, um jovem mercador vestindo uma sobrecasaca da moda, disse-lhe que o caixão, as velas, o manto e outros atributos funerários breve seriam entregues e na devida ordem. O herdeiro agradeceu-lhe distraidamente, disse que não discutiria preço, mas contava com sua honestidade. O agente jurou por Deus, como era de seu costume, que não cobraria nada a mais, trocou um olhar significativo com o empregado e foi cuidar das coisas. O dia todo ele passou em idas e vindas entre Rasguliai e o Portal Nikítski; no fim da tarde, com tudo arranjado, dispensou o cocheiro e foi para casa a pé. Era noite de luar. O agente funerário chegou bem até o Portal Nikítski. Perto da Ascensão chamou-o o nosso conhecido Iurko e, ao reconhecer o agente funerário, desejou-lhe boa-noite.

Era tarde. O agente funerário já estava chegando perto de casa quando, de repente, pareceu-lhe que alguém aproximou-se da porteirinha, abriu-a e sumiu atrás dela. "O que significa isso? — pensou Adrian. — Quem mais estaria precisando de mim? Não seria um ladrão penetrando na casa? Ou amantes visitando minhas tolas? Pode até ser!" E o agente funerário pensou em apelar para a ajuda de seu amigo Iurko. Nesse instante alguém mais aproximou-se da portinha e pretendia entrar mas, ao ver o dono da casa correndo, parou e tirou seu chapéu de três bicos. Seu rosto pareceu familiar a Adrian, mas na pressa ele não teve tempo de olhar bem.

— O senhor veio me visitar — disse ele ofegante —, então entre, faça-me o favor.

— Não faça cerimônias, meu caro — respondeu este com voz surda —, ande na frente, mostre o caminho para os hóspedes!

Adrian nem teve tempo para cerimônias. A portinha estava aberta, ele foi até a escada e o homem seguiu-o. Adrian teve a impressão de que pelos cômodos de sua casa andava mais gente. "Que inferno dos diabos é este!", pensou ele e apressou-se a entrar... aí ele sentiu fraquejar as pernas: o quarto estava cheio de defuntos!

A lua, através da janela, iluminava os rostos amarelos e azuis, as bocas cavadas e os narizes espichados... Horrorizado, Adrian reconheceu neles as pessoas enterradas sob seus cuidados e, no hóspede que entrou junto com ele, reconheceu o brigadeiro, enterrado durante a chuva torrencial. Todos eles, as damas e os senhores, cercaram o agente com reverências e saudações, exceto um pobretão, enterrado recentemente de graça que, envergonhado com seus farrapos, não se aproximou, ficando humildemente num canto. Os outros estavam vestidos decentemente: as defuntas de toucas com fitas, os defuntos funcionários de uniformes, os mercadores de cafetãs de gala.

— Veja bem, Prókhorov — disse o brigadeiro em nome do pessoal —, nós todos nos levantamos atendendo ao seu convite; ficaram em casa apenas aqueles que já não tinham forças e aqueles a quem só restaram ossos sem pele e, mesmo assim, um deles não agüentou, tanta vontade ele tinha de visitá-lo...

Nesse instante, um pequeno esqueleto abriu caminho por entre a multidão e aproximou-se de Adrian. Sua caveira sorria com carinho para o agente. Pedaços de tecido de lã verde clara e vermelha e de cânhamo puído pendiam dele como de uma vara, e seus ossos batiam nas botas grandes como num almofariz.

— Não me reconhece, Prókhorov — disse o esqueleto —, lembra-se do sargento da guarda reformado, Piotr Petróvitch Kurílkin, aquele mesmo para quem você vendeu seu primeiro caixão, o de pinho em vez do de carvalho?

Com estas palavras, o defunto abriu seus ossos para abraçá-lo, mas Adrian, juntando todas suas forças, gritou e empurrou-o. Piotr Petróvitch cambaleou, caiu e fez-se em pedaços. Entre os defuntos começou um murmúrio de indignação. Todos intervieram em defesa da honra de seu companheiro, assediaram Adrian com injúrias e ameaças e o coitado do anfitrião, ensurdecido com seus gritos e quase esmagado, perdeu a presença de espírito e caiu sem sentidos sobre os ossos do sargento da guarda reformado.

Havia tempo que o sol iluminava a cama em que estava o agente funerário. Finalmente ele abriu os olhos e viu diante de si a criada preparando o samovar. Com horror lembrou-se dos acontecimentos da noite. A Triúkhina, o brigadeiro, o sargento Kurílkhin vagamente surgiam em sua mente. Calado, esperava que a criada começasse a conversar com ele e falasse das conseqüências das aventuras noturnas.

— Já dormiu bastante, Adrian Prókhorovitch — disse Aksínia, entregando-lhe o roupão. — Passaram aqui o vizinho alfaiate e o padeiro avisando que hoje é dia de seu anjo[2] protetor, mas você estava dormindo e nós não quisemos acordá-lo.

— E da parte da falecida Triúkhina, veio alguém?

— Falecida? Ela morreu, por acaso?

---

[2] Na Rússia, o Dia do Anjo é festejado pelas pessoas que têm o nome do anjo ou do santo desse dia. Recebem-se cumprimentos de familiares e amigos como no dia do aniversário e, antigamente, essa festa era mais importante que o próprio aniversário.

— Que tola! Não foi você quem me ajudou nos preparativos de seu enterro ontem?

— O que há com o senhor? Ficou louco ou a bebedeira não passou ainda? Que enterro que houve ontem? O senhor festejou o dia inteiro na casa do alemão, voltou bêbado, caiu na cama e dormiu até agora, quando os sinos já anunciam a missa.

— Será? — disse o agente ficando alegre.

— Mas é claro que é.

— Bom, já que é assim, serve logo o chá e chama minhas filhas.

O chefe da posta

Funcionário público,
ditador da estação postal.
Príncipe Viásemski

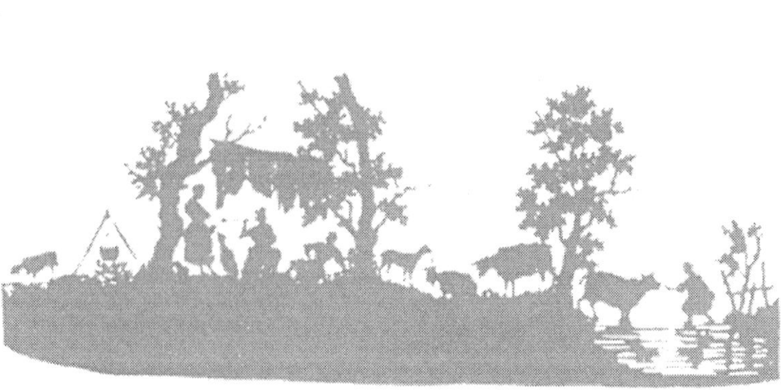

Quem não amaldiçoou chefes da posta, quem não brigou com eles? Quem, num momento de ira, não exigiu o fatal livro para nele escrever sua inútil queixa da opressão, do tratamento grosseiro e do mau funcionamento? Quem não os considera verdugos da espécie humana iguais aos finados rábulas ou, pelo menos, aos bandidos de Murom? Porém, sejamos justos e tentemos nos colocar no lugar deles. O que é um chefe da posta? Um verdadeiro mártir de décima quarta classe[1], protegido do espancamento apenas pelo título e, mesmo assim, nem sempre (invoco a consciência de meus leitores). Qual é o cargo desse ditador, como o príncipe Viásemski chamou-o de brincadeira? Não seria um verdadeiro trabalho forçado? Sem sossego dia e noite. Todo desgosto que o viajante acumula em seu caminho fastidioso ele descarrega no chefe da posta. Tempo insuportável, estrada péssima, cocheiro manhoso, cavalos que não andam — a culpa é do chefe da posta. Entrando em sua casa pobre o viajante olha para ele como para um inimigo. Menos mal quando este consegue se livrar do intruso rapidamente, mas, se não

[1] A última na hierarquia do funcionalismo público na Rússia czarista.

tiver cavalos disponíveis... Meu Deus! Que xingamentos, que ameaças caem na sua cabeça! Na chuva e na lama ele é obrigado a percorrer as casas de todo mundo (à procura de cavalos), na tempestade e no frio do dia de Reis ele entra no saguão apenas por um minuto para descansar dos gritos e empurrões do viajante irritado. Aí chega um general. O chefe da posta, tremendo, oferece-lhe as últimas duas tróicas, inclusive a do correio. O general vai-se embora sem lhe dizer obrigado. Cinco minutos depois toca a campainha. Um correio real joga-lhe na mesa seu roteiro...! Se pensarmos a fundo em tudo isso, nosso coração, em lugar de indignação, estará cheio de franca compaixão. Mais algumas palavras. Durante vinte anos seguidos percorri a Rússia em todas as direções. Conheço quase todas as estradas e várias gerações de cocheiros me são familiares. Raros são os chefe da posta que eu não conhecesse de vista ou com os quais não tivesse contato. Em breve espero editar uma curiosa coleção de minhas observações de viagem.

Por enquanto vou lhes dizer apenas que a classe de chefes da posta foi apresentada à opinião pública da maneira mais errônea.

Os tão caluniados chefes da posta são, em geral, pessoas pacíficas, solícitas por natureza, sociáveis, modestas em suas pretensões e não muito gananciosas. Das conversas com eles (que os senhores viajantes desprezam, infelizmente) podem-se obter muitas coisas interessantes e instrutivas. Quanto a mim, confesso que prefiro uma conversa com eles a discursos de um burocrata de sexta classe que viaja a serviço.

É fácil adivinhar que tenho amigos da classe dos chefes da posta. Realmente a lembrança de um deles é para mim especialmente querida. Outrora as circunstâncias nos aproximaram e é sobre ele que pretendo conversar com os gentis leitores.

Em 1816, no mês de maio, aconteceu-me passar pela província ***, por uma estrada hoje inexistente. Eu tinha um cargo pequeno, viajava com cavalos de muda, pagando por parelha em cada percurso. Por isso os chefes da posta não faziam cerimônia comigo e freqüentemente eu me apossava de assalto daquilo que, na minha opinião, era de direito. Sendo jovem e arrebatado, indignava-me com a baixeza e a covardia dos chefes da posta que cediam a tróica, já preparada para mim, para a carruagem de um alto funcionário. Da mesma forma, não conseguia me acostumar com o procedimento de lacaios astuciosos que deixavam de me servir no almoço do governador. Hoje, as duas coisas parecem-me naturais. Realmente, o que seria de nós, se em lugar da regra universal "respeite o superior", entrasse em uso uma outra, por exemplo, "respeite o mais inteligente"? Que discussões teriam surgido! E os criados, por quem deveriam começar a servir os pratos? Mas volto ao meu relato.

Era um dia quente. A três verstas da estação *** começou a chuviscar e em um minuto caiu um aguaceiro. Fiquei molhado até os ossos. Chegando à estação tratei, em primeiro lugar, de me trocar o quanto antes e em seguida pedi um chá.

— Eh, Dúnia! — gritou o chefe da posta. — Prepare o samovar e vá buscar creme de leite.

Nesse momento saiu de trás do tabique uma menina de uns quatorze anos e correu para a ante-sala. Sua beleza surpreendeu-me.

— É sua filha? — perguntei ao chefe da posta.

— Minha filha — respondeu ele satisfeito —, e é tão sensata e ligeira, igualzinha à sua falecida mãe.

Ele começou a anotar dados do meu roteiro de viagem e eu a examinar os quadrinhos que adornavam sua modesta, mas bem arrumada, morada. Os quadros representavam a história do filho pródigo.

No primeiro deles o venerável ancião de barrete e de roupão despede-se de um jovem agitado que, às pressas, recebe a bênção e um saco com dinheiro. O segundo, com traços expressivos, mostra a conduta depravada do jovem: ele está à mesa em companhia de falsos amigos e mulheres impudicas. Depois, o jovem arruinado, em andrajos e de chapéu de três bicos, alimentando os porcos e partilhando com eles o repasto. Seu rosto expressa profunda tristeza e arrependimento. E, finalmente, seu retorno à casa paterna. O bom velho, usando o mesmo gorro e o mesmo roupão, corre ao encontro dele. O filho pródigo está ajoelhado, ao fundo, o cozinheiro abate um carneiro bem nutrido, e o irmão mais velho interroga os criados sobre o motivo de tanta alegria. Debaixo de cada quadrinho li versos em alemão bem razoável. Tudo isso ficou na minha memória até hoje, como também os potes com balsâmina, uma cama com uma cortina colorida e outros objetos, que me cercavam naquela época. Como se fosse hoje, vejo o próprio dono, homem de uns cinqüenta anos, saudável e bem disposto, seu sobretudo verde com três medalhas em fitas descoradas.

Mal tive tempo de pagar meu velho cocheiro quando Dúnia voltou com o samovar. Já no segundo encontro a pequena coquete notou a impressão que causara em mim e baixou seus grandes olhos azuis. Puxei conversa, e ela me respondia sem qualquer timidez, como uma moça vivida. Ofereci a seu pai um copo de ponche, para Dúnia servi uma xícara de chá, e nós três conversamos como se nos conhecêssemos há um século. Os cavalos já estavam prontos, mas eu não tinha vontade de me separar do chefe da posta e de sua filha. Finalmente despedi-me deles, o pai desejou-me boa viagem e a filha acompanhou-me até o carro. Na antesala parei e pedi licença para lhe dar um beijo. Dúnia concordou. Muitos beijos eu posso contar, *desde que os pratico,* mas nenhum deles deixou em mim lembrança tão duradoura e tão agradável.

Passaram-se alguns anos e as circunstâncias levaram-me para a mesma via e os mesmos lugares. Lembrei-me da filha do chefe da posta, e a idéia de vê-la novamente deixou-me feliz. Porém, pensei, o velho chefe da posta poderia ter sido substituído, e Dúnia provavelmente estaria casada. O pensamento sobre a morte de um deles também passou rapidamente por minha cabeça, e eu me aproximava da estação com um pressentimento triste. Os cavalos pararam perto da casa. Ao entrar, reconheci em seguida os quadrinhos representando a história do filho pródigo. A mesa e a cama estavam no mesmo lugar, mas não havia flores nas janelas e tudo em volta demonstrava vetustez e abandono. O chefe da posta estava dormindo, coberto com um casaco de pele. Minha chegada acordou-o, e ele soergueu-se. Era o mesmo Simeon Virin, mas como envelhecera! Enquanto ele se preparava para copiar meu roteiro de viagem, eu olhava para seu cabelo grisalho, para as rugas profundas no rosto mal barbeado, para as costas curvadas e não me cansava de admirar como uns três ou quatro anos puderam transformar um homem forte em um velho doentio.

— Você me reconhece? — perguntei. — Somos velhos conhecidos.

— Possivelmente — respondeu ele soturno —, a estrada aqui é grande, muitos viajantes passam por minha casa.

— E a Dúnia, ela está bem? — continuei.

O velho franziu as sobrancelhas.

— Só Deus sabe — respondeu.

— Está casada, pelo visto — disse eu.

O velho fingiu não ter ouvido minha pergunta e continuou lendo meu roteiro em voz baixa. Parei com as perguntas e mandei fazer chá. A curiosidade começou a me afligir, esperava que um ponche desatasse a língua do meu velho conhecido.

E não estava errado: o velho não recusou o copo oferecido. Notei que o rum clareou sua soturnidade. Depois do segundo copo ele se tornou mais falador. Lembrou-se de mim ou fez de conta que se lembrou, e eu fiquei sabendo a história que me intrigou e me comoveu naquele tempo.

— Então, o senhor conheceu minha Dúnia. E quem não a conhecia! Ah Dúnia, Dúnia. Que rapariga ela era! Todos que passaram por aqui só a elogiavam, nunca a censuravam. As senhoras presenteavam-na, ora com lenço, ora com brincos. Os senhores paravam aqui de propósito, como que para almoçar ou para jantar, mas na realidade era para poder olhá-la por mais tempo. Às vezes, um senhor qualquer, por mais bravo que estivesse, acalmava-se na sua presença e tratava-me com benevolência. Acredite ou não, senhor, os correios reais ou diplomáticos ficavam conversando com ela até meia hora. Ela era o sustento da casa, arrumava, cozinhava, achava tempo para tudo. E eu, velho tonto, não deixava de admirá-la e de me alegrar. Será que não a amei e não a mimei o suficiente? Poderia ter sido melhor sua vida? Mas não há conjuros contra desgraças. Não há como fugir do destino.

E o chefe da posta passou a me contar em detalhes o seu infortúnio. Uns três ou quatro anos antes, numa noite de inverno, quando ele estava pautando seu novo livro de registros e a filha costurando um vestido, chegou uma tróica e um viajante usando um gorro circassiano, um capote militar e enrolado num xale, entrou na casa exigindo uma muda de cavalos. Na ocasião, todos os cavalos estavam ausentes. Com essa notícia o viajante levantou a voz e o chicote, mas Dúnia, acostumada com cenas desse tipo, saiu de trás da cortina, perguntando carinhosamente se o cavalheiro não gostaria de comer alguma coisa. O aparecimento de Dúnia produziu o efeito costumeiro. A ira do viajante passou, ele concordou em esperar pela volta dos cavalos e pediu o jantar. Quando tirou seu gorro molhado, desamarrou o xale e tirou o capote, o viajante transformou-se num jovem e esbelto hussardo com pequeno bigode preto. Ele acomodou-se na casa do chefe da posta e, bem animado, começou a conversar com ele e sua filha. Foi servido o jantar. Nesse meio tempo os cavalos chegaram, e o chefe da posta ordenou que eles, em seguida e sem serem alimentados, fossem atrelados ao carro do viajante. Mas, ao voltar, encontrou o jovem deitado no banco, quase sem sentidos: teve um mal súbito, uma dor de cabeça e estava impossibilitado de viajar... O que fazer? O chefe da posta cedeu-lhe sua cama e ficou decidido que, se o jovem não melhorasse, de manhã mandaria buscar o médico na cidade de S***.

No dia seguinte, o hussardo piorou. Seu criado foi à cidade a cavalo para buscar o médico. Dúnia amarroulhe a cabeça com um lenço molhado em vinagre e sentou-se com sua costura ao lado da cama. Na presença do chefe da posta o doente soltava ais e uis, não falava uma palavra. Porém tomou duas xícaras de café e, gemendo, pediu o almoço. Dúnia não saía de perto dele. A cada minuto ele pedia para beber, e Dúnia davalhe uma caneca de limonada preparada por ela. O doente molhava os lábios, devolvia a caneca e, em sinal de agradecimento, apertava com sua mão fraca a mão de Dúniacha. Na hora do almoço chegou o médico. Examinou o pulso do enfermo, conversou com ele em alemão e declarou em russo que o doente precisava apenas de sossego e que dentro de uns dois dias poderia continuar a viagem. O hussardo entregou-lhe vinte e cinco rublos pela visita e convidou-o para almoçar. O médico aceitou. Os dois comeram com grande apetite, tomaram uma garrafa de vinho e despediram-se muito contentes um com o outro.

Passou-se mais um dia, e o hussardo recuperou-se totalmente. Estava muito animado, brincava sem parar ora com Dúnia, ora com o chefe da posta, assobiava cançonetas, conversava com os viajantes, anotava os roteiros de viagem deles no livro postal e agradou tanto ao bom chefe da posta que, no terceiro dia, este sentiu pena de se separar do seu gentil inquilino. Era dia de domingo. Dúnia aprontava-se para ir à missa. O carro do hussardo já estava na porta. Ele despediu-se do chefe da posta recompensando-o generosamente pela hospedagem e pela comida, despediu-se de Dúnia e ofereceu-lhe carona até a igreja que se encontrava no fim da aldeia. Dúnia ficou indecisa...

— Do que você tem medo? — disse-lhe o pai. — Sua excelência não é nenhum lobo e não vai comê-la, vá até a igreja de carro.

Dúnia entrou no carro sentando-se perto do hussardo, o criado pulou na boléia, o cocheiro deu um assobio, e os cavalos galoparam.

O pobre chefe da posta não conseguia entender como ele próprio pôde permitir que Dúnia fosse com o hussardo, como foi que o ofuscamento tomou conta dele e o que aconteceu com a sua razão. Não havia passado meia hora e seu coração começou a apertar, a doer, e o desassossego tomou conta dele a tal ponto que não agüentou e também foi à missa. Chegando perto da igreja, viu que o povo já estava indo embora, mas Dúnia não estava nem no pátio, nem no átrio. O vigário estava apagando as velas, o padre descia do altar, duas velhinhas ainda rezavam num canto, mas Dúnia não se encontrava na igreja. A muito custo o pobre pai decidiu perguntar ao vigário se Dúnia assistira à missa. Ele respondeu que não. O chefe da posta foi para casa mais morto que vivo. Restava-lhe uma única esperança: talvez Dúnia, por leviandade da juventude, tivesse inventado de dar um passeio até a próxima estação onde morava sua madrinha. Numa inquietação dolorosa ele esperava a volta da tróica na qual ele a deixara ir. O cocheiro não voltava. Finalmente, no final da tarde voltou, sozinho e bêbado, com uma notícia de matar:

— Daquela estação Dúnia havia continuado a viagem com o hussardo.

O velho não agüentou sua desgraça e logo depois ficou de cama, a mesma na qual, na véspera, deitara-se o jovem enganador. Agora, refletindo sobre todas as circunstâncias, o chefe da posta percebia que a doença fora simulada. O coitado teve febre muito alta, foi levado a C*** e no seu lugar temporariamente foi colocada uma outra pessoa. O mesmo médico que veio ver o hussardo, tratou dele também. O médico assegurou ao chefe da posta que o jovem estava completamente bem e já então adivinhara as más intenções do hussardo, mas havia-se calado temendo seu chicote. Falasse o alemão a verdade ou simplesmente se gabasse de sua perspicácia, isso não consolou nem um pouco o pobre doente. Mal recuperado da doença, o chefe da posta pediu ao administrador dos correios da cidade de C*** uma licença de dois meses e, sem dizer uma palavra a ninguém sobre seus planos, partiu a pé em busca da filha. Pelo roteiro de viagem ele sabia que o capitão da cavalaria Minski dirigia-se de Smolensk a Petersburgo. O cocheiro que o levou disse que durante toda a viagem Dúnia chorara, ainda que parecesse ter ido por sua própria vontade. "Quem sabe — pensava o chefe da posta —, eu trago a minha ovelha tresmalhada para casa." Com esse pensamento ele chegou a Petersburgo, alojou-se no regimento Ismailovski, na casa de um sargento reformado, seu velho companheiro, e começou as buscas. Soube logo que o capitão Minski encontrava-se em Petersburgo e morava no albergue de Demut. Resolveu ir até lá...

De manhã cedo, entrou na ante-sala e pediu para anunciar que ele solicitava a sua excelência que recebesse um velho soldado. O ordenança, engraxando uma bota, disse que seu patrão estava repousando e que antes das onze horas não recebia ninguém. O chefe da posta foi embora e voltou na hora marcada. Apareceu o próprio Minski, de roupão e de gorrinho vermelho de veludo.

— O que você quer, irmão? — perguntou.

O coração do velho ardeu, lágrimas vieram a seus olhos e com voz trêmula ele disse apenas:

— Vossa excelência!... Faça-me a graça de Deus!...

Minski olhou rapidamente para ele, ruborizou-se, pegou-o pelo braço, levou-o para o gabinete e trancou a porta.

— Vossa excelência! — continuou o velho. — O que se perdeu, perdido está. Devolva-me, pelo menos, minha pobre Dúnia. Pois o senhor já se deleitou com ela. Não a leve à perdição inutilmente.

— O que está feito, está feito — disse o jovem extremamente embaraçado. — Sou culpado perante você e fico contente em lhe pedir desculpas. Mas não pense que eu sou capaz de abandonar Dúnia. Ela será feliz, dou minha palavra de honra. Para que você a quer? Ela me ama, ela desacostumou-se da sua situação anterior. Nem você, nem ela conseguirão esquecer aquilo que aconteceu.

Depois, colocou algo na manga do casaco do velho, abriu a porta, e o chefe da posta, sem perceber como, se viu na rua. Por muito tempo ele ficou imóvel e finalmente reparou no rolo de papéis na manga. Tirou-o e abriu algumas notas amassadas de cinco e de dez rublos. Lágrimas vieram-lhe aos olhos de novo, lágrimas de indignação! Apertou os papéis numa bola, jogou-os na terra, pisoteou-os com o salto e foi-se embora... Depois de ter dado alguns passos, parou, pensou... e voltou..., mas as notas não estavam mais lá. Um jovem bem vestido, ao vê-lo, correu para um cocheiro, sentou-se depressa e gritou: "Anda!". O chefe da posta não correu atrás dele. Resolveu voltar para casa, para sua estação. Mas, antes de partir, quisera ver sua pobre Dúnia pelo menos uma vez. Para isso, uns dois dias depois, voltou à casa de Minski. Mas o ordenança disse-lhe em tom severo que o patrão não recebia ninguém, com o peito empurrou-o para fora e bateu a porta na cara dele. O chefe da posta ficou ali um tempo parado e depois foi-se embora.

Naquele mesmo dia, à noite, ele caminhava pela avenida Liteini depois do *Te Deum* na igreja de Todos os Aflitos. De repente passou correndo diante dele uma elegante carruagem, leve e aberta, na qual o chefe da posta reconheceu Minski. A carruagem parou na entrada de um prédio de três andares, e o hussardo subiu correndo as escadas do portal. Uma idéia feliz surgiu na cabeça do chefe da posta. Ele voltou e alcançou o cocheiro:

— De quem é o cavalo, irmão? Não será de Minski?

— Exato — respondeu o cocheiro —, e você com isso?

— É o seguinte: seu patrão mandou-me levar para sua Dúnia um bilhete só que eu esqueci, onde essa sua Dúnia mora.

— É aqui mesmo, no segundo andar. Chegaste tarde, amigo, com esse bilhete, ele mesmo já está com ela.

— Não faz mal — retrucou o chefe da posta com uma cordialidade inexplicável —, obrigado por ter me prevenido, mas eu vou fazer o que devo.

E com essas palavras subiu a escada.

A porta estava fechada, ele tocou a campainha. Passaram-se alguns segundos de espera penosa para ele. Ouviu-se o barulho da chave, e a porta abriu-se.

— Aqui mora Avdótia Simeónovna? — perguntou ele.

— Sim — respondeu uma jovem criada —, o que você quer dela?

O chefe da posta entrou na sala sem responder.

— Não pode, não pode! — gritou atrás dele a criada. — Avdótia Simeónovna tem visita.

Mas o chefe da posta, sem dar ouvidos, continuou andando. Os dois primeiros cômodos estavam escuros, no terceiro havia luz. Ele chegou até a porta aberta e parou. No quarto, lindamente decorado, estava Minski, pensativo, sentado numa poltrona. Dúnia, vestida com todo o luxo da moda, estava sentada no braço da poltrona como numa sela inglesa. Ela olhava para Minski com ternura, enrolando os cachos negros dele em seus dedos. Coitado do chefe da posta! Jamais sua filha lhe parecera tão bela. Involuntariamente ele olhava para ela enlevado.

— Quem está aí? — perguntou ela sem levantar a cabeça.

Ele continuou calado. Não recebendo a resposta, Dúnia ergueu a cabeça... e com um grito caiu no tapete. Minski, assustado, tentou levantá-la e, de repente, ao ver na porta o velho chefe da posta, largou Dúnia e aproximou-se dele, tremendo de ira.

— O que você quer? — disse ele, apertando os dentes. — Por que anda por toda parte atrás de mim sorrateiro como um bandido? Quer me esfaquear? Fora daqui!

E, agarrando o velho pelo colarinho, empurrou-o para a escada.

O chefe da posta voltou para seu alojamento. Seu amigo aconselhou-o a dar queixa, mas o chefe da posta pensou, disse adeus a tudo isso e desistiu. Dentro de dois dias, partiu de Petersburgo para sua estação e voltou ao seu trabalho.

— Já é o terceiro ano — concluiu ele —, que eu vivo sem Dúnia e dela não tenho nenhum sinal de vida. Se ela está viva ou não, só Deus sabe. Acontece de tudo. Não é a primeira nem será a última a ser seduzida por um pândego viajante que agarra e depois larga. Em Petersburgo tem muitas dessas jovenzinhas bobas que hoje vestem cetim e veludo e amanhã varrem as ruas junto com os maltrapilhos de botequim. E pensando às vezes que Dúnia também pode estar se perdendo entre eles, a gente peca sem querer desejando-lhe a morte...

Tal foi o relato do meu amigo, o velho chefe da posta, relato este repetidas vezes interrompido pelas lágrimas que ele enxugava com a aba do casaco de uma maneira pitoresca, como o zeloso Teréntitch da linda balada de Dmítriev. Em parte, essas lágrimas foram suscitadas pelo ponche do qual ele sorveu cinco copos ao longo de sua narrativa. Mas, seja como for, elas comoveram fortemente meu coração. Depois de me despedir dele, não pude esquecer o velho chefe da posta e por muito tempo pensei na pobre Dúnia.

Ainda recentemente, passando pelo lugarejo***, lembrei-me do meu amigo. Soube que a estação que ele chefiava fora liquidada. Quando perguntei se o velho chefe da posta estava vivo ninguém soube dar uma resposta satisfatória. Resolvi visitar a terra conhecida, aluguei cavalos e fui à aldeia N***.

Isso aconteceu no outono. Nuvens cinzentas cobriam o céu. Dos campos ceifados vinha um vento frio e levava as folhas vermelhas e amarelas das árvores que encontrava. Cheguei ao povoado perto do pôr-do-sol e parei junto à casinha postal. No saguão, onde outrora a pobre Dúnia beijou-me, apareceu uma mulher gorda e respondeu-me que o antigo chefe da posta morrera já fazia um ano mais ou menos, que em sua casa instalou-se um cervejeiro e que ela era a mulher desse cervejeiro. Lamentei ter perdido a viagem e os sete rublos gastos em vão.

— Do que ele morreu? — perguntei à mulher do cervejeiro.

— De bebedeira, meu caro — respondeu ela.

— E onde ele foi enterrado?

— Fora da aldeia, ao lado de sua falecida patroa.

— Poderia alguém me levar até o túmulo dele?

— Por que não? Ei, Vânia, chega de brincar com o gato. Acompanhe o senhor até o cemitério e mostre para ele o túmulo do chefe da posta.

Com essas palavras um menino esfarrapado, ruivo e zarolho veio correndo até mim e em seguida levou-me para fora da aldeia.

— Você conheceu o falecido? — perguntei no caminho.

— Como não? Ele me ensinou a fazer flautas. Às vezes (que Deus o tenha), quando ele voltava do botequim, corríamos atrás dele, gritando: "Vovô, vovô, cadê as avelãs!". E ele dava avelãs para todos nós. E sempre brincava com a gente.

— E os viajantes lembram-se dele?

— Agora tem poucos viajantes, só o assessor aparece de passagem, mas ele não se preocupa com os mortos. No verão veio uma senhora. Essa sim, perguntou pelo antigo chefe da posta e foi ver o túmulo dele.

— Qual senhora? — perguntei curioso.

— Uma linda senhora — respondeu o meninote. — Ela veio numa carruagem de seis cavalos, com três filhinhos pequenos, com a babá e um cachorrinho preto. E quando lhe disseram que o chefe da posta havia morrido, ela chorou e disse às crianças: "Fiquem quietinhos aqui que eu vou ao cemitério". Eu me ofereci para levá-la. Mas a senhora disse: "Eu sei o caminho", e me deu uma moeda de prata de cinco copeques, uma senhora tão boa!...

Chegamos ao cemitério. É um lugar escalvado, sem cerca nenhuma, cheio de cruzes, sem nenhuma arvorezinha para fazer sombra. Nunca vi cemitério tão triste.

— Aqui está o túmulo do velho chefe da posta — disse o menino, ao pular em cima de um monte de areia, no qual foi fincada uma cruz negra com um ícone de cobre.

— E a senhora veio aqui? — perguntei.

— Veio — respondeu Vânia. — Eu olhava para ela de longe. Ela ficou deitada aqui por muito tempo.

Depois, foi à aldeia, chamou o padre, deu-lhe dinheiro e foi embora. E para mim ela deu cinco copeques em prata... uma senhora muito simpática.

Eu também dei ao menino uma moeda de cinco copeques e não lamentei mais, nem a viagem, nem os sete rublos gastos.

A sinhazinha camponesa

Você, meu bem, é linda
em qualquer vestido.
Bogdanóvitch.

Numa das nossas províncias longínquas encontrava-se a propriedade de Ivan Petróvitch Bérestov. Em sua juventude havia servido na Guarda, retirando-se no começo do ano de 1797 para sua aldeia e, desde então, nunca mais saiu de lá. Foi casado com uma fidalga pobre que faleceu de parto, enquanto ele estava caçando longe de casa. As atividades econômicas logo o consolaram. Construiu uma casa segundo seu próprio projeto, abriu uma tecelagem, triplicou sua receita e começou a se achar o homem mais inteligente dos arredores e, quanto a isso, os vizinhos que se hospedavam em sua casa com toda a família e os cachorros não levantavam objeções. Nos dias de semana usava uma espécie de jaqueta plissada, nos feriados vestia casaco feito de tecido de fabricação própria. Ele mesmo anotava as despesas e não lia nada além do Boletim do Senado. Em geral, gostavam dele, embora o considerassem orgulhoso. Apenas uma pessoa não estava em bons termos com ele — Grigóri Ivánovitch Múromski, seu vizinho mais próximo. Este era um verdadeiro grão-senhor russo. Ao esbanjar a maior parte de suas propriedades e tendo ficado viúvo, ele se retirou para sua última aldeia, onde continuou fazendo travessuras, mas em estilo diferente. Plantou um jardim inglês, com o qual gastava quase todos os rendimentos que lhe sobravam. Seus cavalariços eram vestidos como os jóqueis ingleses. Sua filha estava sob os cuidados de uma tutora inglesa. Seus campos eram cultivados segundo o método inglês,

mas o trigo russo não nasce à maneira estrangeira,

e, apesar da diminuição significativa das despesas, os lucros de Grigóri Ivánovitch não aumentavam e, mesmo na aldeia, ele achava uma maneira de contrair novas dívidas. Com tudo isso era considerado homem nada bobo, porque foi o primeiro dos senhores de terras de sua província que teve a idéia de hipotecar sua propriedade no Conselho de Tutela, um investimento que, naquela época, parecia ser muito complicado e corajoso. Dentre as pessoas que o censuravam, Bérestov era o mais severo em suas referências. O ódio às inovações era o traço peculiar de seu caráter. Ele não conseguia falar impassivelmente sobre a anglomania do seu vizinho e sempre achava ocasião para criticá-lo. Mostrando aos hóspedes seus domínios, respondia aos elogios à sua habilidade administrativa com um risinho malicioso: "Ah, sim, aqui não é como aí, no vizinho Grigóri Ivánovitch. Quem somos nós para gastar tanto dinheiro à inglesa! Ficamos satisfeitos à maneira russa". Esses gracejos e outros do tipo, complementados e explicados, eram levados ao conhecimento de Grigóri Ivánovitch graças ao empenho dos vizinhos. O anglômano suportava a crítica com a mesma impaciência de nossos jornalistas. Ele ficava furioso e apelidou seu zoilo[1] de urso e de provinciano. Tal era o relacionamento entre esses dois proprietários, quando o filho de Bérestov chegou à aldeia. Ele fora educado na Universidade e pretendia fazer o serviço militar, mas o pai não concordava com isso. Para o serviço civil, o jovem não se sentia capaz em absoluto. Um não cedia ao outro e, por enquanto, o jovem Aleksei levava vida de grão-senhor, deixando crescer a barba e os bigodes[2], por via das dúvidas.

Aleksei realmente era um bravo rapaz. Na verdade, seria uma pena se seu corpo esbelto nunca trajasse o uniforme militar e se, em lugar de se exibir no cavalo, passasse sua juventude curvado sobre a papelada burocrática. Vendo como ele, durante a caça, galopava sempre na frente, sem se importar com o caminho, os vizinhos diziam unanimemente que ele nunca seria um funcionário que prestasse. As moças olhavam para ele e, às vezes, não conseguiam tirar os olhos, mas Aleksei não lhes dava muita atenção, e elas achavam que a causa de sua insensibilidade era uma ligação amorosa. De fato, andava de mão em mão uma cópia do endereço de uma de suas cartas:

Aos cuidados de Akulina Petrovna Kúrotchkina, Moscou, em frente ao Mosteiro de Aleksei, casa do

---

[1] Crítico invejoso, malévolo e parcial (De Zoilo, crítico grego, detrator de Homero, séc. IV a. C.).

[2] Na época de Nikolai I, para os funcionários do Estado, foi proibido o uso de barba e bigode, mas permitia-se para os militares.

caldeireiro Savéliev; peço encarecidamente entregar esta carta a A. N. R.

Quem dos meus leitores não viveu no campo, não pode imaginar como são encantadoras essas senhoritas provincianas. Crescidas ao ar livre, à sombra das macieiras dos seus jardins, elas tiram dos livros os conhecimentos sobre a alta sociedade e a vida. O isolamento, a liberdade e a leitura cedo desenvolvem nelas os sentimentos e as paixões que nossas beldades dispersivas desconhecem. Para uma senhorita, o tinido de uma campainha já é uma aventura. Uma viagem à cidade próxima é um acontecimento que marca época em sua vida e a chegada de uma visita em casa deixa uma lembrança duradoura, às vezes, até eterna. Claro, qualquer um tem o direito de rir de certas esquisitices delas, mas os gracejos do observador superficial não podem anular seus méritos substanciais dos quais se destacam *a peculiaridade, a originalidade* do caráter (individualité[3]). Sem isso, na opinião de Jean-Paul não existe a grandeza humana. Nas capitais, talvez, as mulheres recebam melhor instrução, mas os hábitos da sociedade logo nivelam o caráter e fazem as almas tão uniformes quanto os chapéus. Que o dito acima não seja entendido como julgamento ou censura, porém *nota nostra manet*[4], como escreve um antigo comentarista.

É fácil imaginar a impressão que Aleksei deve ter causado no círculo de nossas sinhazinhas. Ele foi o

---

[3] Individualidade.

[4] Nossa observação permanece.

primeiro que apareceu com ar melancólico e desencantado diante delas, foi o primeiro que lhes falou sobre as alegrias perdidas e sobre sua definhada juventude. Além disso, usava um anel preto com a efígie de uma caveira. Tudo isso era extremamente novo para aquela província. As senhoritas estavam loucas por ele.

Quem ficou mais intrigada com ele foi a filha do meu anglomaníaco, Lisa (ou Betsi, como Grigóri Ivánovitch costumava chamá-la). Os pais não se visitavam, ela ainda não tinha visto Aleksei, enquanto todas as suas jovens vizinhas não falavam de outra coisa a não ser dele. Ela tinha dezessete anos. Os olhos negros animavam seu rosto moreno e muito agradável. Era filha única e, por conseguinte, mimada. Sua vivacidade e constantes travessuras encantavam seu pai e levavam ao desespero sua preceptora, *Miss* Jackson, uma mulher afetada de quarenta anos que branqueava o rosto com pomada de alvaiade, pintava as sobrancelhas com antimônio, relia *Pamela* duas vezes ao ano, recebia por tudo isso dois mil rublos e morria de tédio "nesta Rússia bárbara".

Quem cuidava de Lisa era Nástia; ela era um pouco mais velha, mas tão leviana quanto sua sinhazinha. Lisa gostava muito dela, confessava-lhe todos seus segredos e junto com ela inventava suas travessuras. Na aldeia de Prilútchino, Nástia era uma pessoa mais importante do que qualquer favorita da tragédia francesa.

— Permita-me sair hoje para fazer uma visita — disse ela um dia, vestindo Lisa.

— De acordo, mas aonde vais?

— A Tuguílovo, na casa dos Bérestov. A mulher do cozinheiro deles faz aniversário, veio ontem e nos convidou para almoçar.

— Muito bem! — disse Lisa. — Os patrões estão brigados e a criadagem se convida!

— E o que nós temos com a briga dos patrões? — replicou Nástia. — Além do mais, sou sua criada e não do seu papai. Você ainda não brigou com o jovem Bérestov. Os velhos que se peguem, se isso lhes diverte.

— Nástia, trate de ver Aleksei Bérestov e me conte direitinho como ele é.

Nástia prometeu, e Lisa aguardou sua volta com impaciência o dia todo. Nástia apareceu à noite.

— Bom, Lisaveta Grigórievna — disse ela entrando no quarto —, vi o jovem Bérestov, olhei para ele bastante, passamos juntos a tarde toda.

— Como assim? Conte, conte direitinho.

— Bom, fomos eu, Aníssia Egórovna, Nenila, Dúnia...

— Está bem, já sei. E depois?

— Permita que eu conte tudo desde o começo. Bom, chegamos na hora do almoço. A sala estava cheia de gente. Lá estavam Kolbínskaia, Sakhárievskaia, a mulher do caixeiro com as filhas, Khlupínskaia...

— E o Bérestov?

— Espere. Bom, sentamos à mesa, a mulher do caixeiro no lugar principal, eu perto dela... as filhas ficaram amuadas, mas eu estou pouco ligando pra elas...

— Ah, Nástia, como você é irritante com esses seus eternos pormenores!

— Mas como a senhorita é impaciente! Então, levantamos da mesa... se bem que ficamos sentadas umas três horas e o almoço estava muito bom: os manjares azuis, vermelhos, listrados... Bom, saímos da mesa e fomos para o jardim brincar de pega-pega. Foi aí que o jovem bárin[5] apareceu.

— E como foi? É verdade que ele é muito bonito?

— Surpreendentemente bonito, um belo homem, pode-se dizer. Esbelto, alto, faces coradas...

— Verdade? Pensei que tivesse o rosto pálido. E aí? O que você achou dele? Ele é triste, pensativo?

— O quê? Nunca vi pessoa tão alegre na minha vida. Inventou de correr junto com a gente, brincando de pega-pega.

— Correr com vocês de pega-pega? Impossível!

— É possível, sim. E inventou ainda mais. Pegava alguém e começava a beijar.

— Desculpe, Nástia, você está mentindo.

— Desculpe, mas não estou mentindo. A muito custo consegui me livrar dele. E assim passou a tarde toda com a gente.

— Mas como é que dizem que ele está apaixonado e não olha para ninguém?

— Não sei não, mas para mim ele olhava e muito, e também para Tânia, a filha do caixeiro, para Pacha Kolbínskaia, não vou mentir, não desprezou ninguém, é um traquinas e tanto.

— É assombroso. E o que falam sobre ele na casa?

---

[5] Tratamento que se dava aos fidalgos russos, senhores de terras.

— Como patrão, dizem, é formidável, tão bondoso, tão alegre. Só uma coisa: gosta demais de correr atrás das moças. Por mim, não há nenhum mal nisso, com o tempo vai criar juízo.

— Como eu gostaria de vê-lo! — disse Lisa suspirando.

— Mas o que tem de complicado nisso? Tuguílovo não está longe de nós, apenas três verstas. Vá passear para aqueles lados ou vá a cavalo, com certeza o encontrará. Pois ele todos os dias, de manhã cedo, vai com a espingarda para a caça.

— Não, não fica bem. Ele pode pensar que eu corro atrás dele. Além disso, nossos pais estão de briga, e eu não poderei conhecê-lo... Ah, Nástia, sabe de uma coisa? Vou me vestir de camponesa!

— É verdade, ponha uma camisa grossa, um *sarafan*[6] e vá sem receio para Tuguílovo. Garanto que Bérestov não deixará de notar a senhorita.

— E falar à maneira local eu sei perfeitamente. Ah, Nástia, querida Nástia! Que idéia maravilhosa!

E Lisa foi dormir decidida a realizar sem falta seu divertido plano. No dia seguinte, começou a pô-lo em prática. Mandou comprar no mercado linho cru, tecido de algodão simples, botões de cobre e, com a ajuda de Nástia, recortou uma camisa e um *sarafan,* pôs todas as moças da criadagem a costurar e, no final da tarde, tudo estava pronto. Lisa experimentou a roupa nova e,

---

[6] Espécie de vestido sem mangas, com cavas e decote largos, usado com blusa ou camisa por baixo.

diante do espelho, confessou a si mesma que nunca se vira tão bonitinha. Ensaiava seu papel, fazendo reverências profundas, andando e, balançando a cabeça, imitando os gatos de argila, falava como os camponeses e ria, escondendo o rosto com a manga e, afinal, mereceu a aprovação total de Nástia. Só uma coisa embaraçou-a: experimentou andar descalça pelo pátio, mas a relva picava seus pés delicados, a areia e o pedregulho pareceram-lhe insuportáveis. Nisso Nástia também ajudou: tomou a medida do pé de Lisa, deu um pulo até o campo e encomendou ao pastor Trofím um par de alpargatas.

No dia seguinte, ao romper do dia, Lisa já acordou. A casa toda ainda estava dormindo. No portão, do lado de fora, Nástia esperava pelo pastor. A corneta tocou e o rebanho camponês começou a se arrastar na frente da casa senhorial. Trofím, passando perto de Nástia, entregou-lhe as pequenas alpargatas coloridas e recebeu como prêmio uma moeda de cinqüenta copeques. Silenciosamente, Lisa vestiu-se de camponesa, sussurrou para Nástia as instruções a respeito de *Miss* Jackson, saiu pela porta dos fundos e, atravessando a horta, correu para o campo.

A aurora resplandecia ao leste, e as douradas fileiras de nuvens pareciam estar esperando o sol como os cortesãos esperam o aparecimento do soberano. O céu claro, o frescor matinal, o orvalho, a brisa e o canto dos passarinhos enchiam o coração de Lisa de uma alegria pueril. Receando encontrar algum conhecido, ela parecia voar e, não, andar. Ao se aproximar do bosque na divisa da propriedade do pai, Lisa diminuiu o passo. Aqui ela deveria esperar por Aleksei. Seu coração batia forte, sem saber por que, mas o medo que acompanha nossas travessuras juvenis constitui seu principal encanto. Lisa entrou na penumbra do bosque. Seus sons surdos e variandos saudavam a moça. Sua alegria amainou-se. Pouco a pouco ela entregou-se a doces devaneios. Ela pensava..., mas seria possível definir com precisão em que pensa uma moça de dezessete anos, sozinha, num bosque, às cinco e pouco de uma manhã primaveril? E assim ela ia pensativa pelo caminho sombreado por árvores altas dos dois lados, quando, de repente, um lindo cão de caça latiu para ela. Lisa assustou-se e gritou. No mesmo instante ouviu-se uma voz:

— *Tout beau, Sbogar, ici...*[7] — e um jovem caçador apareceu por detrás da moita. — Não tenha medo, meu bem, o cachorro não morde.

Lisa já tinha se recuperado do susto e soube aproveitar as circunstâncias.

— Ah, não, senhor — disse ela, fingindo estar meio assustada, meio tímida —, tenho medo, sim, tá vendo como ele é bravo? Vai avançar de novo.

Entretanto, Aleksei (o leitor já o reconheceu) olhava atentamente para a jovem camponesa.

— Eu a acompanho, já que tem medo — disse ele. — Permite que eu a siga?

---

[7] Calma, Sbogar, para cá.

— E quem o impede? — respondeu Lisa. — A vontade é sua, e o caminho é de todos.

— De onde você é?

— De Prilútchino, sou filha do Vassíli, o ferreiro, e tô indo catar cogumelos (Lisa segurava uma cestinha pela corda). E o senhor é de Tuguílovo, não é?

— Exato — respondeu Aleksei —, sou camareiro do jovem patrão. — Aleksei queria igualar suas situações. Mas Lisa olhou para ele e riu.

— Mentira — disse ela —, não sou nenhuma tola, tô vendo que o senhor é o bárin.

— Por que pensa assim?

— Por tudo.

— Mas por que exatamente?

— Quem é que confunde bárin com criado? O senhor tá vestido diferente, fala diferente e chama o cachorro não como a gente faz.

Aleksei gostava cada vez mais de Lisa. Acostumado a não fazer cerimônia com as aldeãs bonitinhas, quis abraçá-la, mas Lisa recuou bruscamente e fez um ar tão severo e frio que, apesar de lhe parecer muito engraçado, impediu Aleksei de continuar com suas investidas.

— Se quiser que sejamos amigos daqui pra frente, queira se comportar.

— Quem lhe ensinou tal sabedoria? — perguntou-lhe rindo. — Não seria minha conhecida Nástenka, a criada de sua sinhazinha? Então é assim que a instrução se propaga! — Lisa sentiu que quase ia se esquecendo do seu papel, mas corrigiu-se em seguida.

— E por acaso o senhor pensa que nunca vou para o quintal da casa senhorial? Lá vi e ouvi de tudo. No entanto — continuou —, tagarelando aqui não catarei cogumelo algum. Vá, bárin, pro seu lado, que eu vou pro meu. Perdão... — Lisa quis se retirar, mas Aleksei segurou-a pela mão.

— Como é o seu nome, meu bem?

— Akulina — respondeu Lisa, tentando tirar seus dedos da mão de Aleksei. — Me solte, bárin, já é hora de eu ir pra casa.

— Bom, minha amiga Akulina, sem falta irei visitar seu pai, o ferreiro Vassíli.

— O quê? — contestou Lisa com viveza. — Pelo amor de Deus, não venha. Se em casa souberem que eu, a sós, estava de conversa com um patrão no bosque, será uma desgraça para mim. Meu pai, Vassíli, o ferreiro, me dará uma surra até me matar.

— Mas eu quero vê-la de novo, sem falta.

— Bom, qualquer dia venho aqui de novo catar cogumelos.

— Quando?

— Pode ser amanhã mesmo.

— Akulina, meu bem, eu a beijaria, mas não me atrevo. Então, amanhã a esta hora, certo?

— Sim, sim.

— E não vai me enganar?

— Não vou.

— Jura.

— Juro por Deus que venho.

Os jovens separaram-se. Lisa saiu do bosque, atravessou o campo, penetrou no jardim e a toda pressa correu para a granja, onde Nástia a esperava. Lá, trocou de roupa, respondeu distraidamente às perguntas da amiga impaciente e foi para a sala. A mesa estava posta, o desjejum servido e *Miss* Jackson, rosto branqueado, espartilhada, parecendo um cálice, estava cortando pão em fatias finas. O pai elogiou Lisa pelo passeio matinal.

— Não há nada mais sadio — disse ele — que acordar ao raiar do sol. E deu vários exemplos da longevidade humana, obtidos das revistas inglesas, observando que todas as pessoas que viveram mais de cem anos não usavam a vodca e levantavam-se ao raiar do sol tanto no inverno quanto no verão. Lisa não o escutava. Em seus pensamentos repetia todas as circunstâncias do encontro matinal, toda a conversa de Akulina com o jovem caçador, e sua consciência começava a pesar. Em vão objetava para si mesma que a conversa não passara dos limites do decoro, que essa brincadeira não poderia ter nenhuma conseqüência: a consciência falava mais alto que a razão. A promessa dada por ela a respeito do dia seguinte preocupava-a mais do que tudo: estava quase decidida a quebrar o juramento. Mas Aleksei, depois de ter esperado por ela em vão, poderia ir à procura da filha de Vassíli, o ferreiro, da Akulina verdadeira, moça gorda e bexiguenta e, dessa forma, ficaria sabendo de sua travessura frívola. Essa idéia apavorou-a e ela resolveu aparecer no bosque na manhã seguinte, novamente disfarçada de Akulina.

Aleksei, por sua vez, estava encantado; passou o dia todo pensando em sua nova conhecida; a imagem da bela morena perseguiu-o mesmo no sonho. Mal a aurora despontou, ele já estava vestido. Sem perder tempo em carregar a espingarda, saiu para o campo com seu fiel Sbogar e correu ao lugar do encontro prometido. Passou uma meia hora de espera tormentosa. Finalmente viu o *sarafan* azul entre os arbustos e lançou-se ao encontro da adorada Akulina. Ela sorriu ante o entusiasmo dele; mas Aleksei notou em seguida sinais de desânimo e de preocupação em seu rosto e quis saber a causa disso. Lisa confessou que sua conduta parecia-lhe leviana e que estava arrependida; que desta vez ela não quis faltar à palavra, mas que este encontro seria o último e que seria melhor cortarem essas relações que não poderiam acabar bem para eles. Evidentemente, tudo isso foi dito no linguajar camponês, mas as idéias e os sentimentos, incomuns para uma moça simples, surpreenderam Aleksei. Ele utilizou toda sua eloqüência para demover Akulina dessa decisão; assegurou-lhe de que suas intenções eram inocentes, prometia nunca dar motivos para arrependimentos e obedecer-lhe em tudo; suplicava-lhe para não o privar da única alegria de encontrar-se com ela a sós pelo menos um dia sim outro não, ou mesmo duas vezes por semana. Ele falava na linguagem da verdadeira paixão e naquele momento estava realmente apaixonado. Lisa escutava-o mantendo silêncio.

— Dê-me a palavra — disse ela finalmente — de que jamais me procurará na aldeia ou indagará sobre mim. Dê-me a palavra de que nunca buscará outros encontros comigo além dos que eu mesma marque.

Aleksei estava a ponto de jurar por Deus, mas ela o deteve sorrindo.

— Não preciso de juramentos — disse Lisa —, basta-me apenas a sua promessa.

Depois, os dois conversaram como amigos, passearam juntos pelo bosque até o momento em que Lisa lhe disse: é hora. Eles se separaram e Aleksei, ao ficar só, não conseguia entender como uma simples menina camponesa, em dois encontros, soube exercer um verdadeiro poder sobre ele. Seu relacionamento com Akulina representava para ele uma novidade deliciosa e, embora as disposições da estranha camponesa lhe parecessem penosas, nunca lhe passou pela cabeça faltar com a palavra. O fato é que Aleksei, apesar do funesto anel, da misteriosa correspondência e do ar melancólico de um desencantado, era um rapaz bom e ardente, puro de coração, capaz de sentir os encantos da inocência.

Se eu obedecesse somente à minha vontade, sem falta descreveria em pormenores os encontros dos jovens, a crescente afeição recíproca e a confiança, as ocupações, as conversas; mas sei que a maioria dos meus leitores não partilharia do meu prazer. Esses pormenores devem parecer adocicados; pois bem, eu os omitirei, dizendo em poucas palavras que mal se passaram dois meses e meu Aleksei já estava perdidamente apaixonado e não menos estava Lisa, apesar de ser menos falante. Os dois sentiam-se felizes e pouco pensavam sobre o futuro.

A idéia sobre laços indissolúveis surgia em suas mentes com bastante freqüência, mas nenhum deles falava sobre isso. A razão era clara: Aleksei, por mais ligado que estivesse à saudável Akulina, sempre se lembrava da distância entre ele e a pobre camponesa; Lisa, sabendo do ódio que existia entre seus pais, não se permitia esperar uma conciliação entre eles. Além disso, no íntimo, seu amor próprio estava sendo instigado por um obscuro e romântico sonho de ver, finalmente, o senhor de terras de Tuguílovo aos pés da filha do ferreiro de Prilútchino. Entretanto, um acontecimento importante por pouco não mudou o relacionamento entre os dois.

Numa manhã fria e clara (daquelas em que é rico nosso outono russo), Ivan Petróvitch Bérestov saiu para passear a cavalo, levando consigo, por via das dúvidas, uns três pares de borzóis, um cavalariço e alguns meninos da criadagem com matracas. Naquela mesma hora Grigóri Ivánovitch Múromski, seduzido pelo bom tempo, mandou selar sua égua derrabada e saiu trotando por seus domínios anglicizados. Chegando perto do bosque, viu seu vizinho montado orgulhosamente, de casaco forrado de pele de raposa, esperando por uma lebre que os meninos estavam afugentando com as matracas. Se Grigóri Ivánovitch pudesse prever esse encontro, teria ido para outro lado, mas deu de cara com Bérestov inesperadamente; este estava à distância de um tiro de pistola. Não havia o que fazer. Múromski, como europeu educado, aproximou-se do adversário e cumprimentou-o cortesmente. Bérestov respondeu com o esmero de um urso acorrentado que faz reverências ao público, a mando do seu dono. Nesse instante a lebre saiu correndo do bosque e foi pelo campo. Bérestov e o cavalariço gritaram a todo pulmão, soltaram os cães e galoparam à rédea solta, perseguindo-a. A égua de Múromski, que nunca participara da caça, assustou-se e arrancou. Múromski, que se declarava um excelente cavaleiro, deixou-a correr à vontade e no íntimo estava contente com a ocasião que o livrava do desagradável interlocutor. Mas o cavalo, chegando à beira de um barranco, não percebido anteriormente, atirou-se para o lado e Múromski não conseguiu se segurar na cela. Ao tombar pesadamente na terra congelada, ficou deitado, amaldiçoando sua égua que, como se caísse em si, parou em seguida, sentindo a falta do cavaleiro. Ivan Petróvitch galopou até ele, perguntando se não havia se machucado. Nesse meio tempo o cavalariço trouxe o cavalo culpado, segurando-o pela rédea, e ajudou Múromski a se levantar. Bérestov, por sua vez, convidou-o à sua casa. Múromski não podia recusar porque sentia-se seu devedor e, assim, Bérestov voltou para casa glorioso, levando a lebre acuada e conduzindo seu inimigo ferido e quase como prisioneiro de guerra. Durante a refeição matinal os vizinhos conversaram amigavelmente. Múromski pediu a Bérestov uma carruagem emprestada, pois confessou estar machucado e sem condições de voltar para casa montado. Bérestov acompanhou-o até o terraço de entrada e Múromski não partiu antes de obter sua palavra de honra de que no dia seguinte ele e Aleksei

Ivánovitch iriam como amigos almoçar em Prilútchino. Assim, a inimizade antiga e profundamente enraizada parecia estar prestes a terminar por causa do susto de uma égua derrabada.

Lisa saiu correndo ao encontro de Grigóri Ivánovitch.

— O que significa isso, papai? — disse ela surpresa. — Por que o senhor está mancando? Onde está seu cavalo? De quem é esta carruagem?

— Não vai adivinhar nunca, *my dear* — respondeu-lhe Grigóri Ivánovitch, e contou o que acontecera.

Lisa não acreditou em seus próprios ouvidos. Grigóri Ivánovitch, sem deixá-la voltar a si, anunciou que no dia seguinte os dois Bérestov viriam almoçar em sua casa.

— O que está dizendo? — disse ela, empalidecendo. — Bérestov, o pai e o filho! Amanhã, almoçando aqui! Não, papai, mesmo que o senhor queira, eu não vou aparecer nem por nada!

— Ficou louca? — contestou o pai. — Quando foi que se tornou tão tímida, ou será que herdou o ódio como uma heroína romântica? Deixe disso, não faça palhaçada...

— Não, papai, por nada neste mundo, por tesouro nenhum eu vou aparecer diante dos Bérestov.

Grigóri Ivánovitch deu de ombros e não discutiu mais porque sabia que, contradizendo-a, não conseguiria nada e foi descansar do seu notável passeio.

Lisaveta Grigórievna retirou-se para seu quarto e chamou Nástia. As duas ficaram longamente discutindo a visita do dia seguinte. O que iria pensar Aleksei quando reconhecesse na bem educada sinhazinha sua Akulina? Que opinião ele teria sobre sua conduta e moral, sobre sua prudência? Por outro lado, Lisa tinha muita vontade de ver a impressão que o encontro tão inesperado causaria nele... De repente, surgiu-lhe uma idéia. Em seguida, ela a contou para Nástia. As duas ficaram felizes com a idéia e decidiram realizá-la sem falta.

No dia seguinte, no café da manhã, Grigóri Ivánovitch perguntou à filha se ela continuava com a intenção de se esconder dos Bérestov.

— Papai — respondeu Lisa —, eu os receberei, mas com uma condição: qualquer que seja o modo que eu me apresente, qualquer coisa que eu faça, o senhor não me censurará e não manifestará nenhum sinal de estranheza ou descontentamento.

— De novo alguma brincadeira! — disse Grigóri Ivánovitch, rindo. — Está bem, está bem, concordo, faça o que quiser, minha traquinas de olhos negros! — Com essas palavras deu-lhe um beijo na testa, e Lisa foi correndo se preparar.

Às duas horas em ponto uma carruagem de fabricação caseira, conduzida por seis cavalos, entrou no pátio e rodou em volta do círculo de gramado verde-escuro. O velho Bérestov subiu a escada do portal com a ajuda de dois lacaios de libré de Múromski. Em seguida chegou seu filho, a cavalo, e entrou junto com ele na sala de jantar onde a mesa já estava servida. Múromski recebeu seus vizinhos da forma mais carinhosa possível. Sugeriu irem ver, antes do almoço, o jardim e o viveiro e levou-os pelas veredas cuidadosamente varridas e cobertas com areia. O velho Bérestov, por dentro, lamentava o trabalho e o tempo perdidos com esses caprichos tão inúteis, mas, por cortesia, ficou calado. Seu filho não partilhava nem o descontentamento do calculista, nem a admiração do anglomaníaco vaidoso. Impaciente, esperava o aparecimento da filha do anfitrião, da qual muito ouvira falar e, embora seu coração, como sabemos, já estivesse ocupado, uma beldade jovem sempre tinha direito à sua imaginação. Ao voltar para a sala, sentaram-se os três: os velhos lembraram os tempos antigos e as piadas do seu serviço militar, enquanto Aleksei meditava que papel ele deveria fazer na presença de Lisa. Decidiu que um ar de distração e frieza seria o mais decente para qualquer ocasião e, portanto, preparou-se. A porta abriu-se, ele virou a cabeça com tamanha indiferença, com tamanha negligência orgulhosa que o coração da coquete mais cruel não poderia deixar de estremecer. Infelizmente, em lugar de Lisa entrou a velha *Miss* Jackson, espartilhada, rosto branqueado, olhos baixos, fez uma leve reverência e a bela manobra militar de Aleksei foi em vão. Ele mal teve tempo para juntar suas forças, a porta abriu-se de novo e desta vez entrou Lisa. Todos se levantaram, o pai ia começar a apresentação dos hóspedes quando parou, mordendo o lábio... Lisa, sua trigueira Lisa, estava branqueada até as orelhas, as sobrancelhas mais pretas do que as da própria *Miss* Jackson; madeixas postiças eram mais claras que seu cabelo natural e a peruca de Luís XIV; as mangas à *l'imbécile* sobressaíam como as anquinhas de Madame de Pompadour, a cintura como a da letra xis e todos os diamantes de sua mãe, ainda não empenhados na casa de penhores, brilhavam em seus dedos, no pescoço e nas orelhas. Aleksei não pôde reconhecer sua Akulina nessa ridícula e reluzente senhorita. O pai foi beijar a mão dela, e o filho seguiu-o com desgosto; quando roçou seus dedinhos brancos, pareceu-lhe que eles estavam tremendo. Entretanto ele teve tempo de notar o pezinho, exposto propositadamente e calçado com toda coquetice possível. Isso o reconciliou um pouco com o resto da roupagem. No que se refere à pomada de alvaiade e ao antimônio, à primeira vista ele não reparou nisso por ingenuidade do coração e, para falar a verdade, não suspeitou mesmo depois. Grigóri Ivánovitch lembrou-se da promessa e tentava não deixar transparecer sua surpresa, mas a travessura de sua filha pareceu-lhe tão divertida que ele mal se segurou. Quem não estava para rir era a cerimoniosa governanta. Ela desconfiava que a pomada e o antimônio tivessem sido seqüestrados de sua cômoda, e um forte rubor de enfado atravessou a brancura artificial de seu rosto. Ela lançava olhares furiosos para a jovem traquinas que fingia não reparar neles, deixando para outra hora todas as explicações.

Sentaram-se à mesa. Aleksei continuou representando o papel de distraído e pensativo. Lisa faceirava, falava entre dentes, meio cantado e apenas em francês. O pai a cada instante olhava para ela, sem entender seus propósitos, mas achando tudo bastante divertido.

A inglesa estava furiosa e calada. Somente Ivan Petróvitch sentia-se em casa. Comia por dois, bebia na sua própria medida, ria do seu próprio riso, conversava com benevolência cada vez maior, dando gargalhadas.

Finalmente levantaram-se da mesa, os hóspedes foram embora, e Grigóri Ivánovitch pôde soltar o riso e as perguntas.

— Por que você inventou de fazer palhaçadas para eles? — perguntou a Lisa. — E sabe de uma coisa? O alvaiade não combina com você; não vou entrar nos segredos da toalete feminina, mas, se fosse você, branquear-me-ia, não tanto, é claro, só de leve.

Lisa estava eufórica com o sucesso de sua invenção. Abraçou o pai, prometeu pensar em seu conselho e correu para abrandar a irritada *Miss* Jackson que a muito custo concordou em abrir a porta para ela e ouvir suas justificativas. Lisa tinha vergonha de aparecer tão morena diante dos desconhecidos, não ousou pedir... tinha certeza de que a boa e a simpática *Miss* Jackson a perdoaria... etc., etc. Ao se certificar de que Lisa não pretendia ridicularizá-la, *Miss* Jackson acalmou-se, beijou-a e, como prova de reconciliação, deu-lhe de presente um potinho com a pomada de alvaiade inglesa que Lisa aceitou, expressando a mais sincera gratidão.

O leitor pode adivinhar que no dia seguinte, de manhã, Lisa não tardou em aparecer no bosque dos encontros.

— Bárin, esteve ontem na casa de meus patrões? — foi logo perguntando a Aleksei. — Que tal lhe pareceu a sinhazinha?

Aleksei respondeu que não havia reparado nela.

— É uma pena, objetou Lisa.

— Por quê? — perguntou Aleksei.

— Porque eu queria lhe perguntar se é verdade o que dizem...

— O quê?

— Que eu me pareço com a sinhazinha.

— Que disparate! Em comparação contigo, ela é simplesmente um monstro.

— Ah, é pecado falar assim; nossa sinhazinha é tão branquinha, tão elegante! Quem sou eu para me comparar com ela!

Aleksei jurava por Deus que ela era melhor que todas as sinhazinhas branquinhas e, para tranqüilizá-la de vez, começou a descrever sua sinhazinha com traços tão ridículos que Lisa riu à vontade.

— Todavia — disse ela suspirando, — embora a sinhazinha possa ser ridícula, eu, diante dela, sou uma boba analfabeta.

— Não se aborreça com isso — disse Aleksei. — Se quiser, num instante ensino-a a ler e a escrever.

— Então — disse Lisa —, por que não tentar de verdade?

— Pois bem, querida, começaremos agora mesmo.

Sentaram-se. Aleksei tirou do bolso um lápis e um caderno de anotações, e Akulina aprendeu o abecedário assombrosamente rápido. Aleksei não parava de admirar sua capacidade de compreender. Na manhã seguinte ela quis tentar escrever também; no começo o lápis não lhe obedecia, mas dentro de alguns minutos ela desenhava as letras bem razoavelmente.

— Que maravilha! — dizia Aleksei. — O nosso ensino vai mais rápido que pelo sistema de Lancaster.

Realmente, na terceira aula, sílaba por sílaba, Akulina já lia "Natália, filha de boiardo"[8], intercalando a leitura com comentários que deixavam Aleksei verdadeiramente pasmo; e rabiscou uma folha inteira com os aforismos escolhidos da mesma novela.

Após uma semana, começaram a trocar correspondência. O posto de correio foi estabelecido no oco de um carvalho velho. Nástia exercia secretamente o cargo de carteiro. Para lá Aleksei levava cartas, escritas em letras graúdas e lá, num papel simples azul, encontrava as garatujas de sua adorada. Akulina, pelo visto, estava se acostumando a um estilo melhor de linguagem e sua mente desenvolvia-se e instruía-se notavelmente.

Entretanto as recentes relações entre Ivan Petróvitch Bérestov e Grigóri Ivánovitch Múromski consolidavam-se cada vez mais e logo transformaram-se em amizade pelos seguintes motivos: Múromski pensava com freqüência que depois da morte de Ivan Petróvitch toda sua propriedade passaria para as mãos de Aleksei Ivánovitch; que, dessa forma, Aleksei Ivánovitch tornar-se-ia um dos senhores de terras mais ricos daquela província e que ele não teria nenhum motivo para não se casar com Lisa. Por sua vez, o velho Bérestov, embora reconhecesse certas esquisitices do seu vizinho (a mania inglesa, segundo sua expressão), não lhe negava

[8] Senhor feudal russo.

alguns méritos como, por exemplo, uma rara habilidade nos negócios; Grigóri Ivánovitch era parente próximo do conde Prónski, homem eminente e forte; o conde poderia ser muito útil para Aleksei; já Múromski (assim pensava Ivan Petróvitch), provavelmente, ficaria contente com a oportunidade de casar sua filha de maneira vantajosa. Os velhos tanto refletiram sobre isso cada um consigo mesmo que finalmente conversaram um com o outro, abraçaram-se, comprometeram-se a arranjar o negócio direitinho e começaram a cuidar dele cada um do seu lado. Múromski tinha uma dificuldade pela frente: convencer sua Betsi a conhecer melhor Aleksei, que ela não vira desde aquele memorável almoço. Parecia que eles não haviam gostado muito um do outro; ao menos Aleksei não retornara a Prilútchino e Lisa retirava-se para seu quarto cada vez que Ivan Petróvitch honrava-lhes com sua visita. Mas, pensava Grigóri Ivánovitch, se Aleksei vier a minha casa diariamente, Betsi há de se apaixonar por ele. Isso é natural. O tempo cura tudo.

Ivan Petróvitch preocupava-se menos com o sucesso de seus propósitos. Na mesma noite chamou o filho para seu gabinete, acendeu o cachimbo e, depois de um curto silêncio, falou:

— Por que, Aliocha, há muito tempo não toca mais no assunto do serviço militar? Será que o uniforme de hussardo já não o seduz?

— Não, pai — respondeu Aleksei com deferência —, sei que não é de seu agrado eu me tornar hussardo, meu dever é obedecer ao senhor.

— Bem, vejo que você é um filho dócil, isso é reconfortante para mim; nem eu quero ir contra a sua vontade e não o obrigo a assumir... já... um emprego civil; por ora pretendo casá-lo.

— Com quem, pai? — indagou Aleksei surpreso.

— Com Lisaveta Grigórievna Múromski — respondeu Ivan Petróvitch —, uma noiva formidável, não é verdade?

— Meu pai, ainda não penso em casamento.

— Se não pensa, eu pensei e repensei por você.

— Como queira, mas não gosto de Lisa Múromski em absoluto.

— Vai gostar depois. É com hábito que se ama.

— Não me sinto capaz de fazê-la feliz.

— Não é com a felicidade dela que você deve se preocupar. O quê? É assim que respeita a vontade paterna? Muito bem!

— Como queira, mas não quero e não vou me casar.

— Ou você casa, ou vou amaldiçoá-lo; e a propriedade, Deus é testemunha, venderei, esbanjarei, não deixarei um tostão! Dou-lhe três dias para refletir e, por ora, não ouse aparecer na minha frente.

Aleksei sabia que quando seu pai metia alguma coisa na cabeça não dava para tirá-la nem a prego, como dizia Tarás Skotínin. Mas Aleksei era como o pai e dissuadi-lo também era difícil. Ele foi para seu quarto e começou a refletir sobre os limites do poder paterno, sobre Lisaveta Grigórievna, sobre a promessa solene do pai de torná-lo mendigo e, finalmente, sobre Akulina.

Pela primeira vez viu claramente que a amava; veio-lhe à cabeça a idéia romântica de casar com a camponesa e viver do seu próprio trabalho e, quanto mais pensava sobre tal procedimento, mais prudência encontrava nele. Há algum tempo os encontros no bosque tinham sido interrompidos por causa do tempo chuvoso. Ele escreveu uma carta para Akulina com a letra mais nítida e no estilo mais desenfreado, avisando-a da ruína que os ameaçava e, nela, pediu-a em casamento. Em seguida levou a carta para o correio, para o oco, e foi dormir muito contente consigo mesmo. No dia seguinte, Aleksei, firme em seus propósitos, foi de manhã cedo à casa de Múromski para ter uma explicação franca com ele. Esperava incitar sua magnanimidade e ganhá-lo para sua causa.

— Grigóri Ivánovitch está em casa? — perguntou, parando seu cavalo na frente da propriedade de Prilútchino.

— Não, senhor — respondeu o criado —, Grigóri Ivánovitch saiu de manhã cedo.

— Que pena! — pensou Aleksei. — Mas Lisaveta Grigórievna, ao menos, está em casa?

— Sim, está.

E Aleksei, de um salto, desceu do cavalo, entregou a rédea ao lacaio e entrou sem ser anunciado.

"Tudo será resolvido", pensava ele, chegando à sala de visitas, "explicar-me-ei com ela mesma." Ele entrou e... ficou petrificado! Lisa..., não, Akulina, a adorável morena Akulina, não de sarafan, mas com um leve vestido matinal branco, estava sentada à janela, lendo sua carta; estava tão entretida que não o ouviu entrar. Aleksei não pôde conter uma exclamação de alegria. Lisa estremeceu, levantou a cabeça, gritou e quis fugir. Ele precipitou-se para segurá-la.

— Akulina, Akulina...!

Lisa tentava se livrar dele...

— *Laissez-moi donc, monsieur; êtes-vous fou?*[9] — repetia ela, virando a cabeça.

— Akulina! Minha querida Akulina! — dizia ele, beijando suas mãos.

Miss Jackson, a testemunha desta cena, não sabia o que pensar. Nesse instante a porta abriu-se e entrou Grigóri Ivánovitch.

— Ah! — disse Múromski. — Parece que entre vocês já está tudo arranjado...

Creio que os leitores hão de me livrar da inútil obrigação de descrever o desfecho.

---

[9] Deixe-me, senhor; está louco?

Impressão e acabamento:
Gráfica VIDA & CONSCIÊNCIA